# 平和へのバトン

## 私たちの戦争体験

編　著◉山岡冨美
執筆者◉山岡冨美　田野中明夫
橋本富子　前田君子
佐藤功　山田勉　佐藤静子

天地人企画

# 『平和へのバトン』出版にあたって
## ――世界平和の実現をめざす中学生に背中を押されて

山岡冨美

東京都板橋区は、昭和六〇年一月一日に区として「平和都市宣言」をして以来、数々の平和事業を重ねています。

板橋区への本格的な空襲は昭和19年12月3日以降19回を超え、区内の軍需工場が米軍の重要な攻撃目標にされました。実際、昭和20年1月27日、4月13日、5月25日、8月10日、終戦直前に4回の攻撃を受け、多数の死者を出しています。

この体験から板橋区がいち早く「平和都市宣言」と「平和の灯」の点灯を行ったことは、とても意義深いものです。若い人達を含め、区民全体でこの趣旨の実現と平和事業の前進に向けて力をあわせることが、今最も大切ではないでしょうか。

その平和事業のひとつに、区立中学校の代表が「平和の旅」として広島・長崎を訪れ、式典に参加し、被爆者との対話、資料館の見学をしています。そして、平和の旅を各学校で報告し、学校によっては三年生の修学旅行に広島を加えるな

区内の民主団体主催「板橋不戦のつどい」

ど、学校全体で平和学習にとりくんでいます。

Ａ中学校の「平和宣言」には、「今、私たちにできることは、七一年前に起きたことを、多くの人に伝えていく事であり、世界平和をめざすことです」とのべられています。そのなかで、この旅を企画した板橋区と引率された学校長の配慮に、感謝の言葉をのべています。

また、区内民主団体の主催による「不戦のつどい」が毎年八月一五日に開催され、多くの区民が参加しています。

広島の原爆碑には、「安らかにお眠りください。過ちは繰り返しませぬから」と刻まれています。それなのに、「アジアの平和のために」と教え込まれた戦争を経て、平和が訪れましたか。あの戦争ではアジア人２０００万人が殺されました。三月一〇日未明の東京大空襲では10万人が一夜にして殺されました。逃げることが「消火法違反」即「国賊」として捕らえられたのです。逃げることが許されなかったのです。このように、広島・長崎をはじめ全国各地で、あの戦争の犠牲者が今なお心に傷を持ちながら七一年生きてきました。

私は、中学生の「七一年前の戦争の惨禍を多くの人に伝えたい。それが再び起こさせない力になる」との確信に、励まされました。「黙っていてはいけない。この身体が、あの戦争の悲惨さを誰よりも知っている。命あるうちに伝えよう」と思いました。

あの戦争を体験した私たちが、その生々しい体験を次世代に、今こそ伝える責任がある。この立場で、それぞれの経験をまとめるに至りました。各人の経験は違いますが、「戦争に勝つためには命を投げ出せ」は同じです。それが本書『平和へのバトン』です。

戦争を知らない若い世代の方々、体験した方々、今こそ心ひとつに平和への架け橋を創り、渡ろうではありませんか。

▼本文中のイラストは、本書の執筆者の一人、佐藤功さんが小学校のときに描かれた絵です。当時の時代状況や戦争をめぐる子どもたちの状況、学校でどんなことが教えられていたかを知る史料の一端として、ほかの執筆者の記述にもわたって載せました。

▼注や資料の作成にあたり、次の文献を参考にし、引用させていただきました。


歴史学研究会編『日本史年表』一九六九年、第5刷、岩波書店
高柳光寿・竹内理三編『角川日本史辞典 第二版』昭和五五年、第二版12版、角川書店
澤地久枝『ベラウの生と死』一九九〇年、講談社
入江曜子『日本が「神の国」だった時代―国民学校の教科書をよむ―』二〇〇一年、岩波新書764、岩波書店
山住正己『教育勅語』一九八七年、第8刷、朝日選書154、朝日新聞社
フリー百科事典『ウィキペディア（Wikipedia）』（https://ja.wikipedia.org）
上田正昭・津田秀夫・永原慶二・藤井松一・藤原彰監修『コンサイス日本人名事典〈第5版〉』2009年第5版、三省堂

目次

目　次

## 資料……129

# 僕の戦争体験

田野中明夫

筆者紹介　石川県で生まれる

## 最悪だった—学校生活の思い出

僕は石川県加賀市大聖寺（付近には温泉が多く、海、山の景色もよい）で生まれ、真珠湾攻撃のとき国民学校[注1]二年生で、六年生のとき終戦となった。同校は全校二〇〇〇人で、田舎としては比較的大きいものであった。とにかく小学校時代はすべて戦争中ということになる。空襲にはあわなかったが、戦争中の学校生活を含めた思い出は最悪だった。しかし今でも軍歌は忘れていない。

あの時代、まず毎朝、上級生の集合ラッパで近所の小学生が集まり、下級生が

上級生の弁当をもち、隊列をつくって登校した。胸には住所・生年月日・血液型・氏名を記した布をつけ、学校には防空ズキンも各自で持っていた。

## 国民学校—何を教えられたか

学校で印象に残るのは、朝の全校集会で、軍服姿の校長が白い手袋で教育勅語[注2]をおもむろに木の箱から出し、おもむろに読みあげ、厳粛な雰囲気におかれたことだ。

歴史の教科書[注3]には、日本の国は神がつくったとして、雲の上の人間の姿をした神が描かれていた。石器時代も縄文時代もなかった。天照大神（アマテラスオオミカミ）が元祖と

結婚前に若くして戦死した叔父

された。神は雲の上の存在だが、友達と「どうして雲の上から落ちないのか」と議論した。そして教師は、「日本は神の国で、戦争で負けたことはない。だから今度も絶対勝つ」と強調した。また天皇は人間の姿をした神であり、天皇の言葉は絶対、と強調した。敵国のアメリカ人やイギリス人は鬼か畜生、とにかく野蛮人と教えられた。僕は絵が得意だったから、教室に掲げる戦争の絵や飛行機の絵を描かせられた。開戦の初めのころは、僕も家にアジアの地図を貼り、日本軍の占領地に日の丸のマークをつけていたが、すぐに行きづまってしまった。

また全校の各教室には天皇か二重橋の写真が掲げられ、毎朝全員で最敬礼させられた。あるとき、最敬礼の途中でオナラをし、一日中教室に立たされた。あるいは、ちょっとした事件のバツとして教室全員が雪の運動場を裸足で走ったり、廊下に並ばされ強力なビンタをくらったこともあった。給食はだんだんお粗末になり、サツマイモの蔓《つる》や真っ黒な海草パンになった。

## 深刻だった食糧難——一般庶民の生活は?

弁当の盗難も頻繁に起きた。授業をせずにドングリ拾いやイナゴ捕りなどをやらされた。この時代、食糧難は深刻で、母親や弟たちと離れた地域の農家にサツマイモの買い出しによく出かけたが、満足に売ってくれなかった。苦しい思い出である。甘いものはまずなかった。炊飯も、あの時代、薪の火で母が苦労してやっていた。洗濯は付近の川で、やはり母が苦労してやっていた。

近所のお兄さんが予科練に入り、夏休みなどに帰省したときは、七つボタンに短剣をつけカッコよかったが、近所のお父さんがカッコよく出征しても帰ることはなかった。今でも出征時の元気な姿が目に浮かぶ。親戚の叔父さんも戦死した。

あの時代、不思議に衣類に多量のシラミが発生した。

## 終戦にはなったが──「いつか仇をとると考えろ」

終戦となり、日本人は皆殺しになるといわれ、一家でどこに隠れようかと深刻に相談した。終戦数日後、授業中に小学校の上をアメリカのグラマン機が超低空で旋回した。授業中だったが、生徒が「ワァー」といって窓ぎわに集まった。そのなかで僕は「カッコイイ、日本が負けるのは当たり前だ」と叫んだ。授業の校長は黙ってその場を去った。

翌日、全校生徒の前で校長は、「昨日は実に悲しい出来事があった」と言って状況を話し、「このような生徒がいるから戦争に負けたのだ。負けてくやしいとは思わないのか。いつか仇をとると考えろ」と語った。

つい最近のように思われる。

## 注

1 **国民学校** 国民学校とはどんな学校だったのだろうか。それは「第二次大戦中の初等普通教育機関。1941（昭和16）国民学校令を公布、従来の小学校を国民学校と改称。初等科6年、高等科2年の8か年を義務教育年限と定めた。戦時教育のための改組で、『皇国民』の練成を目的とし、教科編成も改定。戦後47、4月、6・3制により6年制の小学校に復帰」というものだった（『角川日本史辞典 第二版』。以下、本章の注も同じ）。

国民学校、教育勅語の具体的実態は、本書の各執筆者の記述に、当事者の子どもたち、その家族の戦争への思い、苦労、悩み、喜びとともに描かれている。

2 **教育勅語** 一言でいえば、「戦前の教育の根本方針を示した明治天皇の勅語」。「1890（明治23）10月30日発布。第1次山県内閣のもとで、井上毅・元田永孚らが起草、第1回帝国議会の開会直前に発布。家族国家観に立ち、忠孝を核とした儒教的徳目を基礎におき、忠君愛国をもって究極の国民道徳とした。全国学校への配布、礼拝・奉読の強制などにより、国民に浸透させ、天皇制の精神的・道徳的支柱とされた。1948（昭和23）国会で失効決議」。

なお、巻末の資料にその全文を載せた。

3 **教科書** 第二次大戦終結までの教科書をめぐる動きを概観してみよう。

「1872（明治5）学制が学科目を規定したのに続いて、小学教則が科目をさらに細分するとともに、教育内容を教科書名をあげることで示した。そこでは初歩教科書と並んで、福沢諭吉の『学問ノススメ』『西洋事情』をはじめ欧米近代文化を紹介した一般啓蒙書・翻訳書などが教科書とされていたが、この文明開化政策は保守主義・儒教主義からの批判によって次第に転換した。'80には教科書として不適当な書物のリストが発表され、'81小学校教則要綱で教育内容が明文化された。教科書もこれによって編纂されるようになり、'86には文部省の検定制度が実施されたが、日清戦争後教科書国定化を主張する勢力が強まり、1902の教科書疑獄事件をきっかけとして、翌年小学校教科書を国定とすることが定められ、以後修身・歴史教科書を中心とした忠孝の教育が強調された」。

国民学校ではどんな教科が、どんな教科書を使って教えられていたのだろうか。これについては本書巻末の資料を参照されたい。

# 裸足での通学

橋本　富子

筆者紹介　埼玉県大宮市見沼区で生まれる

私は埼玉県北足立郡片柳村字中川で生まれた。小さな村だったが、戦後大宮市と合併、今は見沼区になり、広々とした田んぼはなくなってしまった。

## 一億総動員といわれた時代―本家の家でも

「明日は何人きてくれますか」。本家の叔母さんが私の家に聞きにきた。風呂に入っていた私は、「たぶん六人ぐらいだと思います」と、お風呂の中から大きな声で返事をした。もう夜だった。

本家の家では三人も兵隊に行き、出征兵士の家になっていた。私たち小学生は、

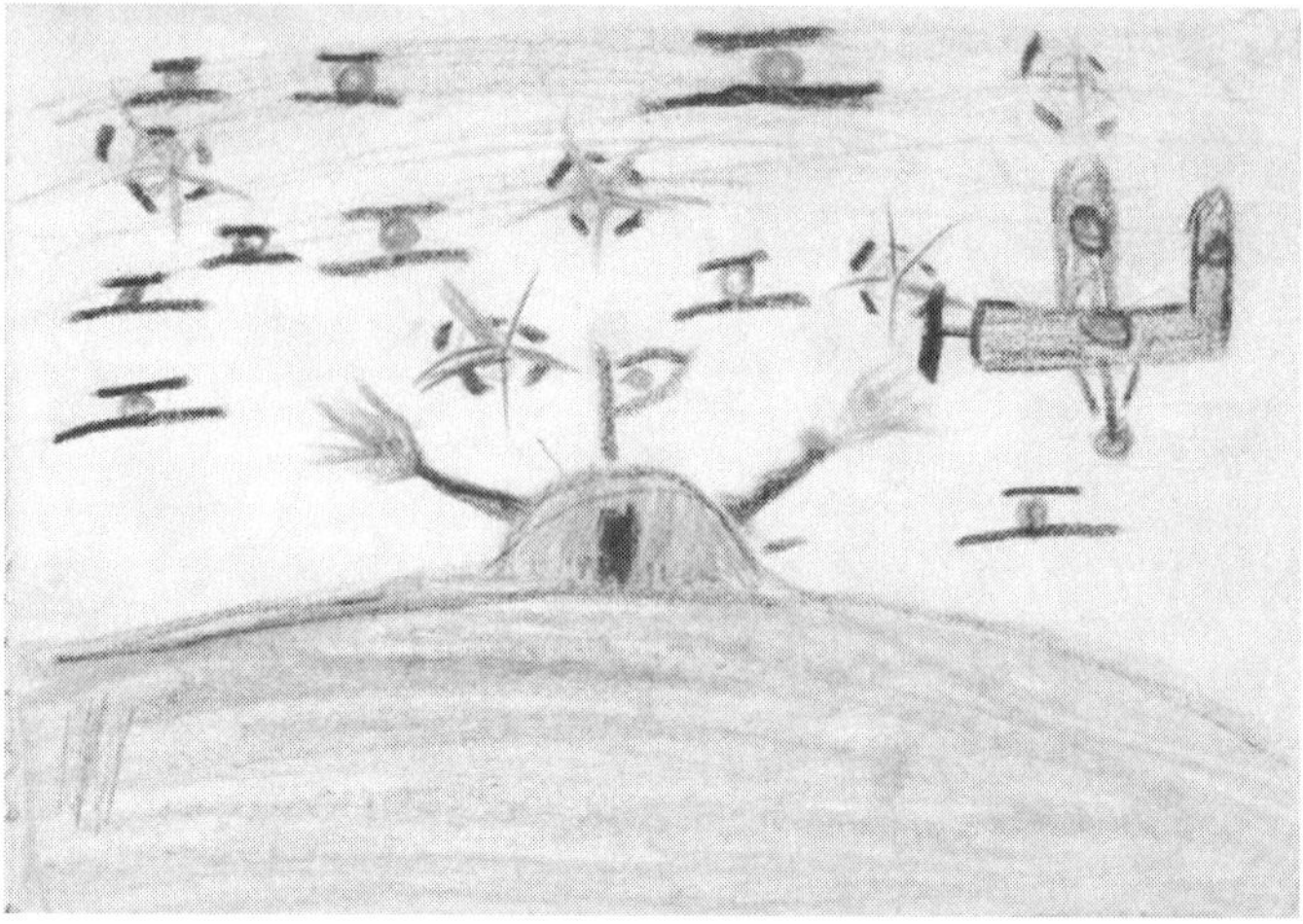

農家が忙しくなる季節になると、勉強をしないで兵隊さんの留守宅の手伝いに駆り出された。それが銃後の勤めだと先生から教えられた。生徒は組をつくって農家の勤労動員だ。明日がその日なのである。草むしりがあったり、坂道でリヤカーの後押しがあったり、田植えをやったり、季節ごとに手伝う仕事があった。

　叔母さんは手伝いの子供たちに出すおやつの心配をしているのかもしれない。戦争が激しくなってくると、働き手の男の人たちが出征[注]してしまうので、農家の子供たちは農繁期には家の手伝いで学校を休むことが多くなった。また、小学校だけで高等科にも行かれない子もいた。一億総動員といわれた時代だった。お国の為に勝つまでは……と、がまん、がまんの生活が当たり前のように、子供たちは慣らされて過ごしていた。衣類が切符制で買えなくなったり、食べるものも配給制になり米の代わりに砂糖が配られたりしたこともあった。

そのなかで忘れられない、うれしい思い出が一つだけある。小学校六年の頃だったと思う。そのころ、履いていく下駄も靴もないので、子供たちはみな裸足で通学していた。学校まで2キロの石ころ道を歩いて行くので足が痛くなり、石ころを避けながら道端の草の上を並んで歩いた。それでも、いつのまにか慣れてきて、石の上も走って歩けるようにもなってきた。ある日、クラスに二個の運動靴の配給があった。先生はその一足を私に回してくれたのだった。

闇で買うこともできない貧乏な家の暮らしを察してくださったのだろう。母は靴に細工をして白布で飾りをつけ、特別な靴に変身させてくれた。先生から贔屓《ひいき》されてるといわれて、友達から恨まれてはいけないと思ったのかもしれない。それでも裸足通学は続き、寒い間だけ大事に大事に履いていた。

## 戦争のあった日々を生きて

私の家に初めてラジオが入ったのは昭和一九年のことである。どこの家にもラジオはあった。戦争が激しくなり日本中が空襲に怯えていたころだ。ウーとサイレンがなり響くと、「ほらB（B29）が来た」といって、それぞれが身構える。「東部軍官区情報、敵機〇〇機、東京湾上にあり……」。サイレンは初め警戒警報、続いて空襲になり、その音は長く不気味に響いてくる。その警報を知るには、どうしてもラジオが必要なのである。

昼間ウーが鳴ると、母は小学一年生の末子を学校まで迎えに行き、自転車にのせて帰ってくる。夜に、ほとんど多く空襲がある。枕元には防空頭巾（座布団を二つに折り、顎紐《あごひも》がついているようなもの）と救急袋がおいてある。ウーが鳴ると夜は部屋にぶら下がっている電灯に黒い覆いをかける。真っ暗にして人の住んでいることを空から見えないようにするためだ。静まり返った家の中でモンペを履き、いつでも逃げられるように身支度をする。母と三人の娘たち、一人息子は海軍兵として出征中、父は早くに亡くなっていない。母と私と妹二人は腰をかがめて押入れに入り、なりゆきを見守る。空襲警報が解除になるまでどれだけ不安な時を過ごしていただろう。

そんなある日、母が町からラジオを買ってきたのだ。大きな木綿の風呂敷にラジオを包み、肩から斜めに背負い、自転車に乗って帰ってきた。嬉しかったのだろう、荷物を下ろしもしないでそのまま配線工事などを受け持っている電気屋に持っていったようだ。素人では取りつけられなかったのか、電話もない時代だし……。

ラジオがあっても楽しめる番組などあったのだろうか。食べる主食がない、着るものもない。でもラジオは貧しい家の中にぱあっと、明るく花が咲き誇った感じだった。

国民学校を卒業して和裁を習っていた私は、徴用がくるというので町の郵便局に勤め始めていた。妹は洋裁学校から学徒動員で軍事工場に行っていた。下の妹は小学生で小さい。母はどうやってお金を工面したのだろうか、とにかくラジオが入って耳からの情報が入ることで、空襲のある夜もある程度判断しながら行動できた。昼となく夜となく空襲警報のサイレンは人々のうえに不安な響きとなって襲っていた。

## 「今日もまた生き延びましたね」

空襲に逢う日々の日常の町での挨拶語が「今日もまた生き延びましたね」だった。

畑と田んぼに囲まれた私の村にも爆弾が落とされ、防空壕に入っていた三人の子供が直撃を受けて死亡した。村にも軍隊の監視所があり、そこがねらわれたようだ。

あるとき、村から田んぼ一つ越えた町が空襲にあい、罹災者が多く出た。その夜、田んぼに逃げてきた人々は、鍋や釜をぶらさげてきた、とにかく無我夢中だったと聞いた。翌日、静けさを取り戻した広い田んぼの中に位牌まで落ちていたという話まであった。思えば、みな必死で生きていたのである。

昭和二〇年四月一三日には、2機のB29によって宮町、土手宿が爆撃を受け、全焼238戸、罹災者1208名（『大宮の昔と今』より）、戦争中の一こまとして郷土史にも残されている。あのこと、このこと……、語りつくせないほどの思い出は涙とともに走馬灯のように浮かんでくる。ラジオから流れた歌だったろうか。

　トントントンカラリンと隣組
　あれこれ面倒　味噌醤油
　ご飯の炊き方垣根越し……

隣組組織の配給で代用食の食べ方の工夫もあったのだろうな。そのころ、王子に住んでいた母の妹家族が焼けだされて、私の家にしばらく同居していた。深川の叔父の家も焼けた。そのころ流行した歌でこんなのもあった。

　関東ちくちく竹輪の配給。丼抱えて警戒警報……
　今日も来るくる買い出し部隊
　大きい袋にさつま芋……

ラジオから流れる暗いニュースと戦争の思い出が私の青春の日の記憶の一こま

として蘇ってくる、恐ろしい世の中だったと。しかし今は、別な社会の不安がさまざまな形で報道されている。事故、政治家の汚職、命を大切にしてほしい、戦争は絶対してはいけない、世界中どこの国もやってはならない。毎日のニュースを聞いていると暗くなる。貧困と差別社会。足をとめ耳を傾け、目を見はりながら、この社会でどこへ身を置くべきだろうかとふと考えてしまうこともあるが、しかし生きなければならない。強く過去を生きぬいてきたように、老人には老人としての道のりを一歩一歩踏みしめてその足跡を残しておこうと、今日も私はペンを持ったのである。

（二〇一六年七月六日）

注

**働き手の男の人たちが出征**　本文では「農家の子供たちは農繁期には家の手伝いで学校を休むことが多くなった」という。その理由として、「働き手の男の人たちが出征してしまう」からだともいう。それを裏づける文献として澤地久枝さんの著書に次のような指摘がある。

「〈太平洋の島々は日本の小笠原群島を含めて、日本が守備隊を配置したのが大小二十五島、

されたそのうち米軍が上陸して占領した島は、わずかに八島にすぎず、残る十七島は放ったらかしに

「〈……戦後の調査資料によると、前記二十五島に配置された陸海軍部隊は、二十七万六千人、その内、八島で玉砕した人数が十一万六千人、孤島に取り残された人数が十六万人、そのうち戦後生きて帰った人数が十二万人強、差し引き四万人近くは孤島で、米軍と戦うことなく、飢えと栄養失調と熱帯病で死んでいったのである〉」。

「『巣山資料』の死者七百十二名の出身県をみると、原隊のあった栃木県出身者がもっとも多い（カッコ内はその比率と現地召集者数）。二十名以上の死者を出しているのはつぎの四県であり、鳥取、島根、山口の三県出身者は一名もいない。

栃木県　二六三（三六・九パーセント）
沖縄県　一五二（二一・三パーセント　一五〇名）
群馬県　二八（三・九パーセント　一名）
東京都　二三（三・二パーセント　一五名）」

「栃木県と沖縄県。この二県の出身者は歩五十九の死者中特別の位置を占め、同時に栃木出身現地召集の死者ゼロと沖縄出身の現地召集者の死〝六割〟の差に、歩五十九のパラオのたたかいの特徴も集約されている」（『ベラウの生と死』）。

この記述から、当時の日本兵は、沖縄県、関東以北の農村県出身者、それも農家の若い働き盛りの次三男が圧倒的に多かったことが、容易に推察できる。

なお、澤地さんはこの本を著した気持を以下のように記している（同書「あとがき」）。

「戦争、とくにこの前の戦争について、内外を問わず、たくさんの本が書きつがれ、映像による作品も生まれている。この『ベラウの生と死』も、その仲間にくわわるべく書かれたが、この本には戦闘シーンは登場しない。

戦闘は書かなかったが、ここにはまぎれもない『戦争』のひとつの顔はある。戦場には、人間としてのぎりぎりの極限状況があり、人々は選択の余地もなくその資質、体力、人生観、あるいは運命のすべてを試される。

『戦死やあわれ』というが、戦死ですらないひもじさの極限の死。生と死をわけたのはなんであったのか。そして真相を知らされることなく残された者の長い戦後が、死者の影のように浮きあがってくる。

さらには、主題の舞台、世界で最後の信託統治領となったベラウは、地球の未来を考えるべくひとつの試金石でもあった」。

なお、パラオとはベラウのことであり、澤地さんも「この国の憲法の表紙には〝BELAU〟と明記され、土地の言葉による固有の呼び名は『ベラウ』である」といっている。

# 私は、あの戦争にどう協力してきたか

山岡　冨美

筆者紹介　岩手県盛岡市で生まれる

## 開戦の朝―大本営発表

開戦の朝（一九四一年一二月八日）、私は隣の部屋から流れてくるラジオの甲高い声で目がさめました。盛岡の一二月は寒さの真っただ中、薄い煎餅《せんべい》布団をかきあげて、顔をうずめました。ゾクゾクと寒さが伝わってきます。雑音混じりのラジオからニュースが流れています。

「臨時ニュースを申し上げます。臨時ニュースを申し上げます」、男性アナウンサーの甲高い声。私は耳をそばだてました。

「大本営[注1]発表‼　大本営発表。帝国陸海軍は、本8日未明、西太平洋上において、米・英軍と戦闘状態に入れり」。甲高い声は何度も繰り返されました。隣に寝ていた祖母は寝息を立てているようです。繰り返されるアナウンサーの声に、私は気持ちが次第に高ぶっていくのを感じました。「とうとう来た、来るべきものがやってきた」「ようし、これからだ」。蒲団の中で私は、拳を握りしめ、次第に高まる自分の気持ちを抑えることができませんでした。それからというもの、この大本営とは切っても切れない関係になっていきました。大本営発表のラジオを聞くと、心が高ぶってうれしくなり、元気がでたのです。小学校四年生のときのことです。

　ラジオを聞いたときの興奮は、私を学校へと急きたてました。当時は集団登校ではありませんから、一人です。「早く学校にいきたい」。一二月の朝。寒さは足元から全身に上ってきます。前日踏まれた足跡が凍って、踏むと「カラカラ」と鳴るのです。いままではこの音が好きだったのですが、あの日は「がんばれ！！」と聞こえたのです。「日本は、今日、戦争を始めたんだ」、早く学校に行ってみんなに会いたい。先生は、なんとおっしゃるだろうか？　足元に気を取られながらも、学校へと急ぐ小学校四年生の女の子でした。

学校に着いても、すぐに教室に入ることはできません。校門を入ると「奉安殿」という御影石《みかげいし》の建物がそびえて、生徒はそこでは必ず立ち止まり「最敬礼」（深く頭をさげること）をしなければなりません。この中には天皇・皇后の写真が入っているのです。「今日も勉強ができるのは、天皇・皇后両陛下のお陰です。一生懸命勉強して、立派な日本国民になります」との思いを、入り口で誓うのです。忘れたりすると体罰が待っているのです。「お前はそれでも日本人か？」、男先生のゲンコツが飛んでくるのです。

## 全校集会での校長の訓話

さて、一二月八日の全校集会の校長の訓話（こう言いました）は今でも覚えています。「一二月八日、日本は戦争を始めました。これは、アジアの平和のために日本は戦うのです。これを聖戦《せいせん》と言います。一億一心、国民が心を一つにして、わが身を顧みず、お国のために、滅私奉公するのです」。こんな意味のお話で、最後に君が代を全員で歌いました。私はこのとき、「アジアの人々を幸せにするんだ。遅れている国の人を救うんだ。日本は立派な国なんだ。その国の国民だから、しっかりしなければ恥ずかしい」と、自分をふるい立たせていました。

## 当時の学校生活は?——「天皇陛下」中心

さて、学校生活はどうだったでしょうか?

教室には、正面に宮城（天皇陛下の住んでいるところ）の写真がはられていました。忘れられないのは、教室の掃除の最初と最後に整列をし、「お掃除をさせていただき、ありがとうございました」と声を出して、最敬礼をするのです。このように、何から何まで「天皇陛下」中心の生活でした。

もう少し、教室の様子を思い出してみます。

五年生からは男女別学で、教室も東西に離れていました。私のクラスには五〇人くらいでした（かなり多いです）。クラスの前の席は、「お客さん」と呼ばれる生徒の席でした。一日中、椅子に座りっぱなしなのです。「出来の悪い生徒」をひと固まりにして、無視して授業をすすめるのです。手をあげても、先生は指してくれないのです。

私は初め「可愛そうだ」と思っていたのですが、だんだん慣れてきて、なんとも思わなくなってしまいました。恐ろしいことです。それでも、休み時間には一緒に縄跳びなどして遊びました。一緒に尻もちをつき、あわてて立ち上がって抱き合い喜び合ったりして、何ものにもかえられない時間でした。

体育（体操）は、バケツに砂を詰め込んで、ひたすら走るのです。重くて重くて、泣きたくなりました。歩けなくなっても、バケツを引っ張っても、止まることはゆるされないのです。

女子は、「薙刀《なぎなた》」と言って、「突き！！」と声を張り上げ、相手を薙刀で突き殺す練習です。全ては敵と戦う訓練です。日本国土に敵が上陸した場合の訓練・訓練・訓練の体操でした。

音楽の授業といえば、「君が代」を毎時間歌いました。そのうちに、「海ゆかば」が挿入されました。

海ゆかば
みずくかばね
山ゆかば
くさむすかばね
おおきみの
へにこそしなめ
かえりみはせじ

この身は天皇陛下に捧げた命、陛下のためなら、喜んで死を選びなさい。自分の命は、天皇陛下に捧げたもの。と、音楽の教師は叫びつづけました。

大本営発表のニュースは、毎日のように「帝国陸海軍の戦果」を流していました。私は「やっぱり、日本の兵隊さんは強い。私も銃後《じゅうご》をしっかり守って、戦地の兵隊さんにこたえよう」と、拳を握りしめていました。

## 氾濫するポスター、歴代天皇名の暗記、慰問文

「欲しがりません勝つまでは」。「一億一心火の玉だ」。「パーマネントはやめましょう」。「贅沢は敵だ」。「足らぬ足らぬは工夫が足らぬ」。「八紘一宇《はっこういちう》」[注2]。「撃ちてしやまん」。「挙国一致」。ほかにもたくさんありました。私はこのポスターを見て、「日本は必ず勝つ」と信じて疑いませんでした。

二月一一日は、建国記念日として「国民の休日」でした。当時、学校では「式典」がおこなわれました。「紀元節《きげんせつ》」です。そして、歴代の天皇名[注3]を暗記させられ、テストされ、成績の対象にされました。そのため、みんな暗記に必死でした。

戦時中の学校生活でも比較的楽しかったのは、戦地の兵隊さんへ手紙を書く時間でした。自分の思うことを書ける自由な時間でしたから……。

とはいっても、内容は「銃後は私たちがしっかり守りますから、敵をたくさんやっつけて手柄をたててください」、男子は「僕も後に続き戦地に行き、敵を倒して手柄をたて、日本が勝つように頑張ります」が基本でした。また、そう書かなければ叱られたものでした。「お前、それでも日本男子か？　日本は何のため

に戦っているのか。恐れおおくも天皇陛下の赤子《せきし》として恥ずかしくないのか……」と、両頰に拳骨が飛んでくる始末でした。

## 慰問文から思わぬ出会い

ここで、どうしても書いておきたいことがあります。私の慰問文を受け取られた元兵士との出会いです。

戦後、勤め先（盛岡第一高校）に青年の訪問を受けました。当時の私は、県公務員としての教員助手の身分でした。

「貴女の慰問文を受け取った者です。ありがとうございました」。終戦から5年も経ていました。一言お礼を言いたかった、と。「貴女の手紙にある大勢の兄弟、夕餉の様子、親の必死の子育てなどなど、わが家も同じでした。まるで家に帰ったようで、どんなに励まされたかしれない。その人にお目にかかり、お礼を言いたい……」。小学校の一少女の名前をたよりに、進学先を探し、勤め先まで、こうして……。「慰問文は、寝る時は枕の下に、行軍の時も肌身離さず一緒でした」

と語られました。

厳しい戦場で目にうかぶのは、やはり故郷のこと、父や母、兄弟、友達だったのです。天皇陛下でも、総理大臣でもなかったのです。「必ず生きて帰り、親、兄弟、友人に会いたい」、この一念だったと、涙ながらに語ったことをいまでも思い出します。

## 玉砕の真相は？――突然のゴムまりの配給に確信が湧く

私が学校教育のなかで受けた実際を述べてきましたが、「アジアの平和の確立が日本国の役割であり、ひいては世界平和実現のためであり、現に各地で戦果を上げている」。この大本営発表が、国民を欺くものだったことを、私は敗戦後知ることになります。

一九四三年五月二九日、「アッツ島　玉砕」の報道です。アッツ島は、アリューシャン列島（アラスカ州）の西です。戦闘に参加できない者を殺して、自らは撃たれて死ぬために出撃する戦い方です。アッツ島の場合も、投降を禁じ重傷者を殺し、最後の突撃で全員が死んだのです。「正義の闘いで玉と散る」「兵士の鏡」「これぞ日本の名誉」「よくぞ戦った」。敵を倒すどころか日本人同士が殺しあった最悪の事態を、最後まで大本営は正しく伝えませんでした。

開戦以来、わが家の壊れかかったラジオは、それでも軍艦マーチとともに、家中に響き渡りました。「我が帝国陸海軍は、昨日、南方諸島を占領し、尚進撃を続行、各員一層奮励努力せよ！」。これを聞くたびに私は、「兵隊さんも頑張っているんだ。銃後の私たちも頑張らねば……」と、心を奮いたたせるのでした。「やっぱりアジアの平和のためなんだ、日本に生まれてよかった」と、新たに奮起しました。

小学校五年生か六年生の子供が、です。「日本が負けるはずがない、神風が吹いて最後は必ず勝つ」。信じて疑いませんでした。同級の男子は将来「兵隊さん」になって戦地に行く、女の私は悔しいけど行くことができない。

銃後の守りを堅くし、敵が上陸したときに突き殺す訓練のとき竹槍で「突き！！」と声を張り上げて汗を流しました。いつも教育勅語が頭の中を占領していましたし、それ以外のことは考えられませんでした。

「こんな一大事に、もっとお国のために役に立ちたい。小学生でもできることはないかしら？　戦地の兵隊さんに申しわけがない」と考えていた矢先に、「千人針《せんにんばり》」の行動提起が町会からありました。早速、飛びつきました。一枚の手ぬぐいに、「どうか、敵の弾丸がそれるよう、命をお守りください」との祈りを込めて、街頭に出、針を入れていただくのです。「これで、兵隊さんの命が救える」。立派なご奉公だと信じての行動でした。

ラジオが連日日本軍の戦果を放送している最中、学校で全校生徒に「ゴムまり」が渡されました。南方を占領し現地のゴムの特産を利用して、銃後で頑張っている小国民に遊び道具を提供しよう、という政府の「ありがたい思し召し」だと、校長先生の訓示でした。ここでも私は、「日々の戦争の勝利」を確信し、「日本は勝ち進んでいる、やっぱり、先生のおっしゃったとおりだ」と思いました。

## 盛岡高等女学校へ入学

当時は、小学校から二つの進路がありました。高等小学校コースと、女学校進学のコースでした。

私は盛岡高等女学校に入学しました。ところが、高等女学校で興味があったのは「英語」なのに、担当の先生が急に学校から姿を消してしまいました。英語が敵国語ということで廃止になり、先生もいなくなってしまいました。退職させられたのです。

それどころか、学校に「ミシン」が運びこまれたのです。教室が「衣服工場」に早変わりし、裁断された「軍服」（兵士が着る服のこと）が山のように運び込まれ、上級生は女工員にさせられてしまいました。私たち新入生はポケットの穴かがりでした。

## 敵機に体をさらした食料増産の作業

希望に燃えて進学したものの授業は受けられず、軍服のボタン着けやボタンをはめるための穴かがりが仕事でした。いきなりミシンを踏ませて怪我でもされたら、軍服の上納に遅れを生じ、学校の存続に影響を与えかねない状況だったと思います。

さらに土との戦いでした。学校から1キロほど北の岩山《いわやま》にソバをまくというのです。私たちの「運動をしたい」という欲求に「この非常時にスポーツなど贅沢だ」と言わんばかり、すでに校庭は「食料増産」の基地になっていました。そこで、岩山という土地を求め、レジャー施設を取り壊して、開墾、そして種まきでした。

私達一年生も動員されました。細い身体に大きなシャベル、重い鍬、山道をのぼるだけでヘトヘトなのに、草を取り、畝を作り、種をまき、土をかぶせる。農業の先生の指導でした。「警戒警報!! 敵機が来る危険がある」が出されれば、作業をやめ、灌木に身を寄せて、避難しなければなりませんでした。

「これもお国のため、戦争に勝つため。こんなことぐらいで弱音を吐いたら、戦地の兵隊さんに申しわけがない。頑張れ、頑張れ、戦争に勝つためには、これくらいでへこたれては情けない」。私の頭の中では、あの「国の一大事のときには命を投げ出せ」の言葉がグルグル駆け巡りました。しかし、命がけで収穫したソバは、蒔いた種の半分にも満たないものでした。

## 毎月8の日は「必勝」祈願の神社参り

話を少し前に戻します。

小学校四年の一二月八日、開戦。この八日という日は、またまた戦意を駆り立てる日になりました。この日に、全校生徒が近くの神社に「必勝祈願」詣でをするのです。私たちは学校から歩いて30分くらいの「あべたて」という神社に行きました。確か「安倍舘」という文字だったと思います。くわしいことは忘れましたが、「前九年の役」で安倍一族が勝利をおさめた、その城跡が残っている神社です。神社の後ろは北上川を見下ろす絶壁でした。

「武運・長久」を祈り、またぞろ学校に帰るのです。これで午前中は終わってしまいました。この〝行事〟は、全国の学校で行われていた「大詔《たいしょう》奉戴《ほうたい》日《び》」。天皇陛下のご意志に沿い、国民は有難くそれを受け止め、一層奮励努力せよ！　と、戦意高揚の行為の押しつけでした。私はこのときも、「必ず日本は勝つ。負けるはずはない。アジアの平和のための戦争なんだ、日本はいいことをしているんだ。だから、私も頑張らなければ戦地の兵隊さんに申しわけがない」と、教育勅語が頭の中を占領するのです。

## ある日の教室をのぞいてみたら──「教室高座」

この辺で、ある日の教室をのぞいてみましょう。

私たちは先生の目を盗んで遊び、笑うこともありました。先生がお休みで、自習になることがあったからです。このときは私の出番でした。内気な半面、目立ちたがり屋の私は、「教室高座」の座長になり、「お笑いを一席……」と、落語を始めるのです。いまでもおぼえています。

ある見栄坊が病気になり、医者に「転失気はあるか」と聞かれ、知らないのに「ある」と答えてしまう。あの臭い「おなら」のことなのに。「天酒器」酒を飲む

「さかずき」と勝手に思い込み、家の者に「ここへ、持ってまいれ！」と言って医者をあわてさせる話なのです。私は婦人雑誌で読み、「これは面白い」と。そんなわけで、皆を笑わせようと思い、教壇寄席の座長になったのです。

誰にも束縛されない自由な時間、声を出して笑う。厳しい戦時中でも笑いを作る、楽しい時間を作る。知恵があったのでしょう、自由を奪われ、将来「死」を強要される恐ろしい教室のなかでも、生きる力を持っていたのですね。

## 東京大空襲と岩手県・盛岡市の空襲

一九四五年三月一〇日、つまり敗戦の年です。この日、アメリカの戦闘機B29の大軍による空爆、いわゆる東京大空襲で、首都東京が全滅に近い総攻撃を受けました。一夜にして10万人の命が失われたのです。

この日、私は岩手盛岡の実家で空襲にあいました。といっても、焼けたのは盛岡駅前の商店街から、北上川の開運橋までの100メートルでした。が、未明に立ち上がる炎を見て、私は外の井戸の前に立ち尽くしてしまいました。声が出ませんでした。

そして、駅前を焼いたB29が、そのあと御嶽《みたけ》が原の練兵場（軍隊の基地）の攻撃に移るのです。このとき、通過するのがわが家の上空だったので、たまりません。あの轟音たるや、地鳴りを伴い、言葉をかき消し、ただただ父の身体に抱きついているだけでした。この先どうなるか、考えも及びませんでした。

## 「教育勅語」という名の戦争駆り立て法

万世一系の天皇の治められるこの日本は、これから益々栄える国であるから、この国に生まれた臣民《しんみん》汝らは、皇室を助け奉り、日本を益々発展させなければならない。そのためには、兄弟、夫婦（家族）は仲良く、国家の重大事には命までも投げ出す使命がある。教育勅語は要約すれば、こんな内容でした。事あるごとに、発声させられました。

そして、「国民の命は皇室の繁栄のため、それ以外の何物でもない」と、侵略戦争に突入するのです。あの「海ゆかば」が、音楽の時間に生徒の心に浸みこん

でいくのです。
どこで死んでも、それは陛下のためなのだから、決して後悔してはならない、というのです。教育勅語と一体で、毎年「君が代」コンクールが行われていました。

## 戦争を体験した私の思い

ここまで、私の戦争体験を述べてきました。いま私は、痛切に思います、「この歴史を繰り返してはなりません」と。学校教育の名のもと、戦争に突き進む子どもたちの育成に国が関与してきました。まさに「戦争は教室から」でした。これを繰り返しては、なりません。

板橋区主催の「広島・長崎平和の旅」に参加した区内の中学生は口をそろえて言います。「笑って泣いて好きなことができることが平和だ。しかも世界全体が平和であってこそ、日本の平和がある。そのことを私達の口から伝えていく」と、活動を始めています。

「日本国憲法を若人とともに守り抜く」。私の決意です。

注

1 **大本営** 「戦時における最高統帥機関。1893（明治26）戦時大本営条例に基づき制定。天皇に直属し、陸軍の参謀総長が全軍の総参謀長として天皇を補佐するものとした。1903条例改正により参謀総長と軍令部長は対等となり、さらに37（昭和12）大本営令を制定し、戦時でなく事変であっても設けることができることとした。実際の設置は、日清戦争、日露戦争および日中・太平洋戦争の3回。'37の設置の際は、陸海相互の調整、統帥・国務の連絡のため、同時に大本営政府連絡会議が設けられ'44最高戦争指導者会議へ発展。しかし一元的戦争指導は実現しなかった」（『角川日本史辞典　第二版』）。

2 **八紘一宇** 「第一代の天皇であること以上に、神武天皇が重要視されるのは、いわゆる『肇国の詔』のなかに『八紘一宇』という大東亜共栄圏構想の基本的スローガンが含まれるからであろう。日本軍兵士たちによって東南アジアに普及した『愛国行進曲』にも『往け、八紘を宇となし』の一節がある」。

「教科書では、御稜威のもと、世界の人々がみんな一家のようにしたしみあい、しあわせに暮らすようにというのが、わが国の定めであり、めざすところであると、八紘一宇の精神を説明し、『大東亜戦争はそのあらわれであります。大日本の真意を解しようとしないものをこらしめて、東亜の安定を求め、世界の平和をはかろうとするものであります』（『初等科修身三』「よもの海」）という」（『日本が「神の国」だった時代―国民学校の教科書をよむ―』）。

3　**歴代の天皇名**　巻末資料を参照。

# 女学校・東京大空襲・敗戦……

前田　君子

筆者紹介　東京都文京区向ヶ丘で生まれる

## 頻繁な敵機来襲

けたたましいサイレンがなり、防空壕にとび込む、ということが多くなった。その頃には日本は敵機を迎撃する力はなく、敵機は侵入し放題であった。機銃掃射・爆撃とやりたい放題やられてから、空襲のサイレンが鳴らされることがしばしばであった。

昭和二〇年一月二七日、団子坂に爆弾が落とされた。家のそばに爆弾が落ちたという人の話を聞いた。家がみしみしなって窓ガラスがガタガタ音をたてた、今にも家がバラバラになるのではないかと恐ろしかったという。「根津神社のケヤキに雷が落ちたときみたい？」と聞くと、「比べ物にならないぐらいすごかった」という。爆弾の破片をみせてもらった。鋭い断面で8センチぐらいの塊だが、持ってみるとずしりと重かった。「こんなのが上から落ちてきたら大怪我だね」「防空頭巾で防げるかね」と、自分たちの行動範囲での出来事だけに真剣に聞いた。

家のガラス窓に、大福帳を切って米印に貼り付けた。爆風によるガラスの飛散を防ぐためだ。

窓という窓には黒い布のカーテンを張り巡らした。電灯の笠は黒布で覆った。少しの明かりでも爆撃の標的になるからということである。何度も外へ出て明かりが漏れていないのを確かめた。少しでも明かりがもれている所を見つけると、目張りをつけた。昼でもなんとなく薄暗い感じで、気分まで滅入ってしまった。

夕食の食卓は暗いものになり、いったいぜんたい何を食べているのやらわからない。乏しい食事ではあっても、家族の顔を見、食べているものを確認して食べたいものだと思った。味気ない食事は食べた気がせず、すぐにお腹がへってしまう。

ラジオは「敵の軍艦を撃沈せり、我が方の損害軽微」「〇〇で敵を殲滅せり」と報じていた。わたしたちは「いざこいニミッツ・マッカーサー……」と歌い、[注1]神風よ吹けと祈った。

ある日のこと、Kさんと交通博物館の辺りを歩いていた。爆音が聞こえたので見上げたら、日の丸をつけていない飛行機だった。低空飛行で、乗っている人の顔もみえた。あわてていつもいわれているように伏せた。あっという間に飛び去った。そのあとからサイレンが鳴った。あとで聞くと偵察機であったという。怖いも何もあったものではない。飛行機は早い！　というのが実感だった。

上野駅を見下ろす鶯谷よりに、むかご採りに出かけた。爆音とともにバラバラとはげしい音がした。身を隠すものとてない。機銃掃射だ、と直感した。先日、すぐそばで機銃掃射を受け傷ついた人をみていたので、飛び去ったあとも震えが止まらなかった。友達と何かに追いかけられたように走りに走った。あとあとまで会うたびに「怖かったね」と言い合った。母は「用もないのにほっつき歩くからだ」と無情だったが、姉は詳しく聞きたがり、慰められた。それでもむかごは両のポケットにいっぱい入っていた。

「おじいちゃんお土産」とみせたら、相好をくずして喜んでくれた。母にいいにゆくと、「命がけですることじゃない」とまだご機嫌斜めだったが、すぐ塩ゆでしてくれた。「なーんでこの身がおしかりょか」と鼻歌がでて、母に「全く性懲りのない子だ」と大目玉をくってしまった。

おとなしく家事に堪能な姉と比べ、おてんばで家事をずるけるわたしは、母から小言ばかりいわれていた。が、このときは母の深い愛情を感じ、心配をかけたことが恥ずかしかった。

ラジオのいう転進とは退却ということだと父はいう。制空権・制海権は連合国のものだから退却するたって容易なものではないだろうと、父は戦地の弟たちを案じていた。そんなー、信じられない！　立派な軍国少女になっていたわたしは、今にきっと神風が吹くよと反発はしつつも、差し迫った騒然たる雰囲気は感じ取っていた。

## 進学と学童疎開

有無を言わせぬ父の一言で家の近くの女学校に入学した。理由は、「空襲がはげしくなった現在、家族はできるだけ近くにいる方がよい」である。電車通学を楽しみにしていたのにと、進学の実感はなかった。

二歳年下の弟とその下の妹に学童疎開の話が持ち上がった。父母ともに本郷で生まれ育ったので、頼れる田舎はなかった。八方手を尽くしても大切な家財を預けることしかできない状況であった。田舎に身寄りがある人はとっくに疎開していたのだ。

わが家も高齢の祖父・夫の戦死で婚家に居づらくなり、乳飲み子を抱えて実家に戻った叔母のためにできれば疎開をと奔走したが果たせないでいたから、学童の集団疎開に参加するほかなかった。父母や同じ疎開仲間の親たちは訪問しあって相談を重ねていた。疎開先は栃木県・黒磯から山にむかって入った箒川沿いのお寺だという。地図で確かめると近くには温泉場もある。絵本に似たような景色の温泉場を見つけて「兎がいるかも」「川には魚が泳いでるよ」と元気づけるために、姉と二人で奮闘した。二人は黙り込んでいるばかり、おしまいに弟がぽつんと「お姉ちゃん行ったら」と一言。二人の心細さが察しられた。

期限を切られての支度に家族は大わらわであった。寝具・衣類・身の回り品を荷造りして、リヤカーで学校に運んだ。点検を受けた結果、心づくしの品のあらかたは持ち帰りを余儀なくされた。弟妹はだまり込んでいるばかりである。

上野駅に見送りに行った。追分小は三〇人余り、他の学校の子も同じ列車に乗るらしい。家族はいろいろ言い聞かせているが、子供たちは黙り込んでいた。

汽車ががたんと音をたてた。まさに動き出そうとしたとき、妹が「行かないよー、いかないよー、かあちゃん」と泣き声をあげた。何にも言わず耐えてきた気持ちが噴き出したのだ。体格がよく陽気で甘ったれの妹、後にバレーボールの名門旧中村高女にスカウトされた陽気な妹の絶叫は、いつまでも耳を離れなかった。そのときの母は、低く「むごい」とつぶやいたまま家路についた。その母は、一歩敷居を跨いだとたん腰を折って号泣した。
○○小の子の学童疎開は信州の旅館だとか、○○小の子は空き農家に分宿だとか、噂はかしましく、わたしたちは運・不運を言い立てていた。

## 大人の仲間入り

女学校は教科ごとに先生が変わる。英語は敵性語とされて教えられなかったが、他の教科はそれなりにおもしろかった。特に幾何は気に入った。体操は薙刀《なぎなた》を振り回した。

小学校を卒業すればもう子供ではない。いそがしい母にかわって防火訓練に参加することになった。おそるおそる出かけると案に相違して歓迎された。バケツリレーはまだしも、梯子《はしご》に乗り消火箒を振り回したり、鳶口《とびくち》を振り回したりは、防火隊の大部分を占める着物にモンペ姿の中年女性には無理だったらしい。五〇代の唯一の男性である隊長さんがやっていたのだ。わたしは隊長さんの指示で、梯子に登り鳶口を振り回した。

その夜、隊長である味噌問屋の小父さんが来て、「いや、助かったよ、生きのいい若い衆が来てくれて。うちのに、いい加減にしないと怪我するよといわれていたんだ。君ちゃん頼むよ」。父は「いや、悪い、わるい。わたしもつとめがあってお宅にばかり迷惑かけて」。「ところで今度、町会で竹槍訓練をするらしい。いよいよ本土決戦かね」「学徒動員も始まったし、ここだけの話だけど大本営発表もあやしいもんだ」。ひそひそ話は深夜まで続いたらしい。

## 学徒動員

女子挺身隊[注2]として勤務することになった。祖父は「そうか、働くか、給料は幾らだ」と、相変わらずトンチンカンな反応をしたが、わたしは電車通勤が新鮮で、違う世界に踏み出す予想にわくわくしていた。しかし、お国のためと張り切って行った職場で私たちは邪魔者扱い。与えられた仕事は無理やり作ったとしか思われないものだった。弛緩した空気にやりきれなさを感じずにはいられなかった。

熟練工の仕事振りは、われ及ぶところにあらずの感を深めた。聞きまわってみると他の職場も似たり寄ったりである。声を大にして叫ばれている「国家総動員」とはいったいなんだろうか。

やり場のない怒りがこみあげた。ふと、学童疎開は本当に必要だったのかと疑問に思った。現実に空襲は激しさをまし、夜は着の身着のまま、靴・防空頭巾・救急袋・その他必要と思われるものは枕元に揃えて寝ていたし、サイレンで夜なかに飛び起きて防空壕へ、ということが多くなっていた。祖父が「ここで死ぬ」と動かないのをなだめすかして避難するのも大変だった。寝ぼけてぐずる妹をかかえて行くのは私の役目だった。防空壕の中で「おしっこ」と泣き出されたこともあった。

だから、疎開は必要だろう。安全なところで少国民を守るという発想は正しいだろう。しかしだ。わたしが工場に配属されても仕事らしい仕事も用意されていないのと同じような拙速な状態であったとしたら……、いや、お寺の本堂に寝かせるなんて、小さい子を。身を守る才覚もない子なのに。妹は虱《しらみ》に悩まされてはいないだろうか、梳《す》き櫛《ぐし》で朝晩梳いてやって、やっと退治したのだが。ちゃんと食べているかしら。やっていることがちぐはぐすぎる！　怒りがいかりを呼び、眠れないまま一夜が明けた。

両親はもっと深く心配していたのだ。ある日、やっと縁をたぐって空いている隠居所を借りられることになった。空襲も激しくなったのでおじいちゃんをここに置いてはおけない。二間続きに廊下・厠もついているそうだから、落ち着いたら和夫や敏子も呼び寄せられる。お前たちはお父さんとここに残ることになるがどうだろうかと、相談をかけられた。姉と二人、期せずして「よかった。ぜひそうして」と答えた。母は心配したが、オッチョコチョイのわたしは「大人三人、まかせてよ」と大見えを切った。「そういうお前が一番心配だ」と言われたが、家族はみんな大笑いして安堵の気分だった。

## 東京大空襲

弟が帰ってきた。中学受験のためである。志望校を決め、受験勉強を始めた。小学校はすでに軍に徴収されていたから、手続きは直接区役所に出向かなければ

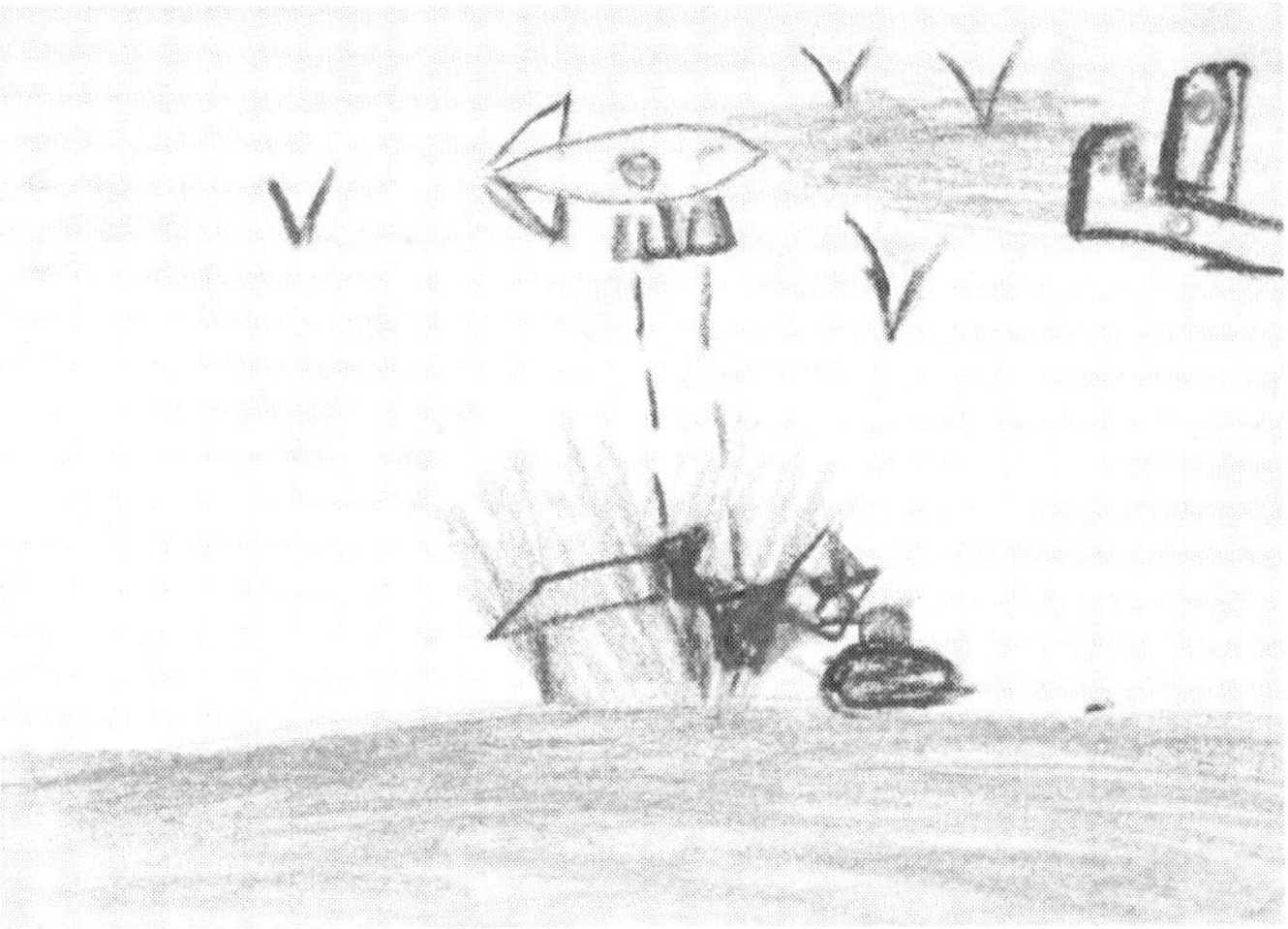

ならない。ひとりでこなす弟は別れたときよりずっと大人びてみえた。志望校合格の通知があり、手続きを済ませた弟を囲んで、ささやかな祝宴を開いた。久しぶりに御馳走を食べて満腹し、寝込んだ。その夜、父に手荒くたたき起こされた。姉も弟も身支度が終わっている。誰かの叫び声が聞こえる。寝ぼけた耳にも異常さが判った。外に出ろ、水を浴びろ、父の声に夢中で従った。防火水槽の水を頭からかぶった。

向かいの豆腐屋の小父さんがバケツで家に水を掛けている。煮豆屋のおばさんが大荷物を抱えてうろうろしている。見回すと、あちこちに火が噴き出している。赤い火の中に鰻屋《うなぎ》さんの大銀杏が黒ぐろと聳《そび》えていた。初めてみる風景のように思った。パチパチという音がゴーゴーに変わり、風が吹きつけてきた。

熱い！　火の粉が降りかかる。はっとして肩にかけた防空頭巾をかぶり、また水を浴びた。消火活動をしている人々に「もう間にあわない。逃げましょう」と父は叫んだ。豆腐屋の小父さん注3はきょとんとして父をみた。「火の海だ、逃げましょう」と怒鳴っても動かない。「そこにあるラジオを持て。ほかには何も持つな」。父の声に、弟がラジオを背負った。豆腐屋の小父さんの手をひきながら走る父の後ろに人が続いた。農学部（東京大学農学部）を目指すんだ、あそこなら大きいグラウンドがある、空き地も広い、と思った。しばらく行くと火の手が阻んだ。引き返して電車通りを目指した。熱い。父の背中を見つめながら、手当たり次第、水槽を見つけては水を浴びた。姉の体も湯気を立てている。火に囲まれた。土までが燃えている。もう駄目だ。恐怖が全身を走った。立ちすくんだ。「早く、ぐずぐずするな」と怒鳴る声。しかし、火の中に踏み込むのは勇気がいった。父に手を引っ張られた。振りほどいて走った。ひたすら大きな背中を見つめて走った。姉も並んで走っていた。

電車通りも火の海だったが、その向こうには暗い空があった。火の色をしていない空だ。助かったと思った。暗い空の下を目指して夢中で走り続けた。

東片町の通りには人が右往左往していた。こちらに燃え広がるのを心配して見張っている様子である。

「大観音も焼けてる」。屋根の上から声が聞こえた。へたへたと地面に腰を落としてしまった。振り向くと、わが家の方角は盛んに火を噴いている。

通りの家々では家に盛んに水を掛けている。飛んで来た火の粉を消している。われわれに気づいた人が「鏡湯さんが脱衣所を開けて避難してきた人に休んでもらっている」と知らせてくれた。気がつくと一緒に来たはずの人は見えず、われわれだけになっていた。四人とも惨憺たる姿だった。そのときになって寒さに気づいた。九死に一生を得たのだ。四人ともしばし放心状態におちいっていた。

鏡湯に行くと、お風呂屋の柳橋さん一家がいた。夜が明けたら家の様子を見に行くという。ながーい時間がたったように思われたが、一時間もたっていないのだった。鏡湯の人が着替えを貸してくれた。振舞われた熱いお茶がおいしかった。人心地ついて、改めて顔をみると、みんなすすけた顔で髪の毛がちりちりになっていた。手にも足にも火ぶくれができていて、ひりひりした。ひと眠りしたらといわれたが、興奮して寝るどころではなかった。ひっきりなしに誰かが何かしゃべっていた。次々に避難の人がたどり着いてきた。話を聞いていると、どうも帯状に焼けたらしい。南北に長く火が走ったので、西に方向転換したのが生死の分かれ道になったようだ。

親戚の者と焼け跡に行って驚いた。わが家は本郷台地の端にある。東の下町はすべての建物が消えていた。見渡す限り焼け野原だ。点々とビルの鉄骨だけが残っていた。まだぶすぶすと燃えている。煙が上がっている。炎も上がっていた。まだ燃え尽きていないらしい。みな、呆然と立ち尽くしていた。

「土までが燃えたんだもの、なにもかも燃え尽きるわけだ」。土が燃えたわけではない。黄燐爆弾[注4]の黄燐が広がって燃えていたんだ。頭ではわかっていても、土までが燃えているというあのときの絶望感は、ぬぐいがたいものであった。

気を取り直して、わが家の片づけにとりかかった。掘り抜き井戸からは相変わらず水が噴き出していた。その水音に、生きているものに出会ったような感動を覚えた。まだ熱を持っている焼け跡に水を掛ける。瀬戸物がバリバリ割れる音がする。しばらくは作業に熱中した。どの家も柱一本残さずに焼けおち、真っ平らになっていた。

地中に埋めたものを掘り出し、連絡先を書いた板を打ち込んで立ち去ることになった。母がわたしたちの洋服をせっせと縫ってくれたミシンは役に立つとは思ったが、持っていくことができないのでまた埋め戻した。

本郷台地の外れに立って、改めて遠望してみた。まさに見渡す限りすべての建物が消えていた。松坂屋の骨組みだけが黒々と骸骨を思わせた。突然体が震えはじめた。歯がガクガク音をたてた。姉を振り向くと姉も口をパクパクさせている。ふいに父の声がした。「さあ行くぞ」の声に我に返った。「家は焼けても土地は焼けない。またここに家を建てよう」。

翌日、深川の親戚の安否を確かめにでかけた。本郷三丁目からひたすら厩橋方面へ下って行く。広い一本道に人影はない。進むに従い酸鼻を極めたものになった。生焼けの死体、黒焦げの死体がごろごろしている。折り重なった死体からは、どろっとした油のようなものが滲み出ていた。吐き気が込みあげたが吐くものは残っていない。胃がしぼりだすように痛んだ。口から、黄色い苦い水がたらたらと出てきた。人を見かけては情報を聞いていた父は、「本郷は飛び飛びに焼けたが、ここは大きな大きな面で焼けている。本所・深川は全滅だそうだ。今は無理だ。帰ろう」と引き返した。

この様子では逃げ場がないことは自分の経験からはっきりわかった。帯状と見渡す限りの広い面の違いは大きい。わたしたちは幸運だったのだ。実態は把握しようもないが容易ならない事態が起こったことは間違いない。この状態ではたして生き残った人がいるだろうかと思った。一挙に一〇万人の命を奪ったこの日の全容は知りようもなかった。父と弟はその後も親戚の情報集めに手を尽くしたようであった。

それから母たちの疎開先に行ったのだが、どうやってたどり着いたのか切れぎれの記憶しかない。空襲のたびに汽車から飛び降りて線路わきの草むらに身を伏せたこと、農家の納屋に寝たこと、おおばこの葉を噛みながら歩いたことを、焼きつけた写真のように覚えているだけだ。旅のなかで父が「和夫は焼け出されるために帰って来たようなものだな」といったことも思い出せる。なのに、どこから汽車に乗ったのか、一日でたどり着いたのか、二日かかったのかも意識がない。焼け出された人の群れとともに黙々と歩いたとしか思えなかった。

姉や弟に聞くと、彼らは明確に覚えていた。このことは、いつまでもわたしを苦しめた。

## 家族の集合・離散

一家がひとつになった。東京大空襲の火はここからも見えたという。死人の山だという話も伝わっていたので、みんな心配していた。無事を喜んでくれた。母屋の好意で、その日は母屋にとめてもらった。次の日からは、廊下の庇《ひさし》を利用して筵《むしろ》をたらして覆い、藁《わら》を敷いて休んだ。野宿とさして変わらない幾日かを過ごした。

ここは埼玉県北部、利根川と渡良瀬川にはさまれた地域である。家の前に利根川の土手があり、渡し船があった。加須方面へ行く人たちが利用していた。どの農家も背後に屋敷林を背負い、家の南面に広くひらけた作業場を持っていた。ここは収穫物を並べたり束ねたり、豆などの干し場になっていた。

日当たりのよい縁側では、この家のお婆さんが白い綿の実から糸を引き出し、糸車に巻きつけていた。左手で車のハンドルを回し、右手に綿の実を持って、巧みに縒《よ》りをかけている。

小さなふわふわの実から細い糸が限りなく引き出されていく。まるで魔法を見るようで、息もできない。

「やってみっか。若い子の油《あぶら》っ手なば糸もすべっこく光ってみゆべ」。

「いえ、あの屋敷林の木の実をとらせていただきたいのですが」。

恐るおそる言うと、

「うちの背戸のより薬師堂のがよかっぺ」

と、薬師堂へ連れて行ってくれた。

「疎開人《そかいっと》はねずみの上前はねるだな」

と言いながら、

「わしも不作の年は食ったど。むかーしな。アク抜きは利根川に一日漬けとけばいい」

と教えてくれた。

「道端の草も食べられる」と教えられたものは摘み、たきつけも農家の人は藁《わら》束を使っていたが、我が家では杉の枯葉などを拾ってきて使っていた。こんなことから、疎開乞食と陰口を利かれていたらしい。

罹災証明と在学証明書を持参したおかげで、茨城県古河市の学校に籍を移すことができた。父の周到さのたまものである。世話してくれる人があって、古河駅前の榊屋酒店の離れに姉弟三人が移った。

転校はしたものの、やはり三人とも工場通いに変わりはない。工場でのお邪魔虫扱いも同じであった。飛行機の部品にドリルで穴をあけるのだが、にわか仕込みの工員にうまくできるわけがない。重い電動ドリルを必死で垂直に保持しようとするのだが、成功と思ったものも検品ではねられてしまう。「あんたたちがオシャカの山を築くから、うちの工場は成績が悪いのよ。草取りでもしていてほしいわ」と、つけつけと本音をぶつける熟練工もいた。本当のことだから謝るしかない。本工さんは「月月火水木金金」の歌のとおり休日もなく働いている。学徒は土曜日が学校の農場の手入れ、日曜は休みである。世話の焼けるお客が長居しているようなものなのだ。

榊屋酒店の暮らしは大名暮らしだった。風呂は一日おき、食事は白米だ。鮒の甘露煮までついていた。最初の日から「あるところにはあるんだ」と肝をつぶした。祖父のために玄米を一升瓶に入れ、ひたすら突いていた母を思った。じいちゃんを風呂に入れてあげたいと思った。

## 工場に爆弾が落ちた

サイレンの音に工員さんは防空壕、学徒は松林に避難を開始していた。そのさなかに壕の前に爆弾が落ちたのだ。工員一人が即死、数人が破片で怪我をした。水戸の艦砲射撃も激しくなったと噂された。広島・長崎に落とされた新型爆弾の噂も、実態はよくわからないながら、不安を増幅させた。

## 敗戦の日

夏休みもなく工場で働いていた昼。工員は工場内に、学徒は松林の前に集められた。これから重大発表があるという。待つうちに工場内からうめき声ともどよめきともつかぬ声が聞こえてきた。

耳をそばだてているところに工場長が来て、「天皇の詔が放送されました」と内容を話してくれた。だから私たちはそのとき、直接放送を聞いていない。誰一人、声を発することがなかった。先生に引率されて学校に戻った。校長先生が講堂に待っておられた。そこで改めて天皇の言葉が読み上げられた。わたしはただ呆然としていたように思う。すすり泣きがあちこちから聞こえてきた。帰宅をうながされたが動くものはいなかった。誰が言ったのか「きっと謀略だよ」の声で、列が崩れた。

玉音放送を直接聞いて、明るい夜が帰ってくると思った人、解放感でウォーと叫んだ人の話を聞くが、私の場合は鉛を飲み込んだような虚脱感しかなかった。

## 教師不信

昨日までの「鬼畜米英」が今日からは「解放軍」だ。そんなことあり？　今までのことは何だったの。「本土決戦」はどうなったの。私たちはこれから何を目標にしたらいいの。混乱の極に達したまま登校した。

数学のT先生はのっけから流暢な英語で挨拶した。自分はこの日を予期していたと強調した。生徒はしらけムードで不信感をあらわにしたが、T先生はわが世の春とばかりはしゃいでいた。

国語のK先生は、自分のいうことが今までと違うかもしれないが、これは仮の姿で捲土重来を期しているのだ、そのつもりで心して聞いて欲しいという。

美術のM先生は何もいわず、デッサンの指導をし、次は4Bの鉛筆を持ってくるように告げて終わった。

あのときは仕方なかったのだ、と言い訳する先生もいた。時流に流されたことへの反省の言葉はなかった。軍国主義に染まっていたわたしは心のよりどころを失い、身近な大人である教師の言動に無意識のうちに救いを求めていたのだと思う。

生徒は先生方の第一声に興味をもち、品定めをした。一番不評をかったのは数学のT先生と、私は騙されていたとくどくど泣き言をいった歴史のM先生だった。

## 生活の困窮深まる

戦時下の統制がとけると、どこにあったのかと思うほどものがあふれだした。しかし預金は封鎖され、自由に使えなくなった。新しい10円札が発行され家族数に合わせて割り当てられたから、預金はおろせない。国債は紙くずになった。物はあっても買えない。下宿料も払えない。駅前裏の木下煎餅店の物置を借り受け手入れして、また父と四人で暮らすことになった。いわゆる「たけのこ生活」の始まりである。

交換する物がなければ食料は入手できない。手を通していない上質な着物でも地味な母のものは断られてしまう。わたしたちの派手な衣類が好まれた。「田舎者は目が利かない」と悔しがる母に、「母さんだって、自分のものより娘のものが大事だろう。農家の人も同じこと。娘を着飾らせてやりたいのさ。嫁入り支度にほしいのだろう」と、父は慰めた。

進駐軍の配給物資なるものは粗挽きのとうもろこしの粉で、ぼそぼそする。小麦粉をつなぎにして練り、やっとのどを通るというしろもの。聞くところによると、彼の国では家畜の餌であるという。屈辱感は空腹のしのぎにはならない。無理に流し込んで腹を満たした。麦のふすま、蚕のさなぎ、道端の草、食べられそうなものは何でも食べた。農家の手伝いに行き、小昼に出されるいもをポケットに入れて持ち帰り、妹に食べさせたこともある。

## 父、露天商になる

居食いは限界だ。父は近郷の文房具屋・よろずやを回って品物を整え、浅草の闇市に売りに行った。何度か東京へ様子を見に出かけたとき、闇市を仕切っている知り合いに出会ったことがきっかけだった。田舎の商店の店先で何年も埃をかぶり日焼けで色あせた品であっても、焼け野原で何もない東京なら売れる、と教えられたのだ。母子家庭の一人っ子だったが孤児になり、香具師《やし》の親分に拾われたそうだ。私たちが「あぐちゃん」と呼んでいた子である。「あぐちゃんのおかげでいい場所が確保できたので、半日で売り切れた」と父は、饅頭まで土産に買ってきて妹や祖父を喜ばせた。

あぐちゃんの入れ知恵で紙巻きたばこを作った。いたどりの葉を干し、刻んで、コンサイス（辞典）をばらした紙で巻いたものである。「こんなものが売れるのかしら」、作りながらも不安だった。しかし、驚いたことに売れたのだ。

父は自転車で仕入れに走り回っては闇市に売りに行き、露天商は軌道に乗った。何年も店の隅で埃をかぶっていた品が東京の闇市では売れるのである。母と叔母は焼け跡に埋めておいたシンガーミシンを掘り出して、手提げや前掛け、子供服などを縫って売り物を作った。軌道にのったとはいえ、品物に限度があり、いつまでもつづけられるものではない。それに、冷たい路上での店番で父は痔に悩まされるようになった。

祖父は東京に帰りたがった。自分の目で焼けた東京をみていないせいか、いくら説明しても「戦争が終わったんだから家に帰ろう」といいはってやまない。考えれば祖父の気持ちも無理ないのだが、果たして東京で祖父の思いどおりの暮らしが待っているだろうかと不安であった。

調べ回った父の話では元の家のまわりにぼつぼつバラックが建ち始めた。建築資材の配給も受けられる。家族数が多いから、なんとか二軒分の資材が確保できるという。みんな大いに乗り気になった。

父は上の三人の手伝いが必要だという。これには母と叔母が猛反対した。駐留軍の芳しからぬ噂は田舎町でも聞かされていたし、ジープからガムやチョコレートを撒いて悪さをするらしい。事実、敗戦直後はジープがくるという噂だけで女性はかくれたりやむを得ず外出するときは顔に墨をつけたりした。だから連れて行くなら男の子だけにしてほしいというのだ。いろいろあったが、父の説得で姉、弟とわたしの三人が父とともに上京することになった。

## 四人の防空壕生活

一年半ぶりの東京である。浅草から地下鉄で上野に出て驚いた。地下道にごろごろ寝ている人や浮浪児が目についた。話には聞いていたが、これほどとは想像できなかったのだ。五、六歳とみられる子まで混じっていた。あの空襲で親を失った子供たちだ。

わたしたちは、なんとぬくぬくと暮らしていたことか。食料難・物不足といったところで知れたもの、いつも父母が手を尽くしてくれていた。雨露しのぐところも確保してくれた。親の庇護のありがたさを、ありがたいとも感じずに過ごしてきたことを知った。弟が「僕は親と離れて学童疎開に行ったけど、先生や友達・妹も一緒だった。家族も会いに来てくれた。それでも辛かったと思う。この子たちはまだ学校にも行っていないのに、どうやって食べていたのかな。かわいそうだ」とポロポロ涙をこぼした。

宮永町の一部は焼け残っていた。関東大震災のときも無事だった一角である。その先はバラックがパラパラ。わが家のまわりは何もない。父が少々手を入れておいてくれた防空壕に落ち着いた。

翌日、「ダイクさんは無理だが、ダイハチさんを頼んである」と父が冗談めかして話していた人が、リヤカーに材木を積んで来た。なんと、出入りの棟梁のうちで追いまわしをしていた若い衆三人である。三人はすぐ仕事にかかり、六日目には屋根をあげた。材木は規格どおりに刻んであり、組み立てるばかりになっていたが、なんとも安直な作りで、これがバラックかと納得した。狭いながらも四間の家がかたちになった。畳はないが防空壕からバラックに移った。便所が使えるのがなによりありがたかった。

私たち三人の役割は二人ずつ組になっての見張りである。うっかりが大変なことになる。材木などもさることながら、七輪にかけていたおかずを鍋ごと盗まれてしまったり、洗濯物を盗まれたり、バケツ・消し壺、果ては火がついている七輪までがあっという間に消えていく始末だった。まさに人を見たら泥棒と思えである。きわめつけは、やっと入ったガラス窓が窓枠ごとはずされ盗まれたことである。ちゃんと留守番がいてのことで、コトリとも音を立てない手際には恐れ入った。

ここに至って父は、でき上がらないうちに家族を呼び寄せる決意をした。畳の手配をするとすぐ引っ越しに取り掛かった。

あれほど東京に帰りたがっていた祖父が、様変わりした東京を受け入れられず、完全にぼけた。毎日「戦争が終わったのだから東京に帰ろう」と繰り返す。かと思うと「柏木に鰻を注文してくれ」という。「柏木さんは焼けてまだ店を開いていないのよ」と焼け跡を見せると、「そうか、じゃあ増本に注文してくれ」である。増本の焼け跡を見せるとそのときは納得するのだが、すぐ同じことを繰り返す。祖父の好きな盆栽を見せたら気がまぎれるのではないかと相談し盆栽を手に入れてきたが、あれほど熱中していた盆栽に目もくれない。祖父を納得させるためにリヤカーに乗せて、あちこち見せて歩いた。そのときは「ひどいもんだなあ。病院も焼けたか」などとわかったようなことをいうのだが、すぐまた東京に帰ろうの繰り返しである。

祖父は徘徊もはじまり、目が離せなくなった。戦争がなかったら、子供の頃から慣れ親しんでいた町と友達の中で、盆栽いじり、碁会所通い、朝湯、不忍池の散歩という生活が続いていたら、こんなことは絶対起こらなかったはずだ。祖父が気の毒でならなかった。

## 母の腕まくり

母はどこから聞きこんできたのか、汁粉屋を始めた。家に下屋をつけ、サッカリン・ズルチンなどを手に入れてきた。小豆・小麦粉の入手は父が受け持った。みすぼらしい粗末な店だが甘みに飢えていた人々にうけ、繁盛した。駐留軍相手の女性から砂糖も手に入れ、母なりの工夫を凝らした味は好評だった。調子にのって店を広げ、あんみつ・かき氷まで商うようになって生活は安定した。女学校を卒業した姉の手伝いもあったが、手不足になり人も頼んだ。米が出回り父の商売が再開されるまでこの仕事は続いた。このときほど生き生きと生気に満ちた母をみたことはなかった。

注

1 「ニミッツ・マッカーサー……」と歌い　ニミッツ、マッカーサーともにアメリカ人。ニミッツは太平洋方面の提督。マッカーサーは連合軍最高司令官。マッカーサーは戦後も占領軍最高司令官として6年間にわたり日本に君臨した。
　この歌については、二歳年上の福井県出身の人に聞いてみた。彼も同じメロディーで、「いざこいニミッツ・マッカーサー、出てくりゃ地獄へさかおとし」と歌ったという。しかし、戦時中の軍歌や政府が広めようとした歌を集めた本の中には出ていなかった。

2 女子挺身隊　「大日本帝国が第二次世界大戦中に創設した勤労奉仕団体のひとつで、主に未婚女性によって構成されていた。戦時日本の労働力が逼迫する中で、強制的に職場を配置換えする国家総動員法下の国民総動員体制の補助として行われ、工場などでの勤労労働に従事した。1944年8月の女子挺身勤労令によって14歳～40歳の内地（日本）の女性が動員された。日本統治下の朝鮮の女性への適用は検討されたが、適用されることはなかった。1945年の国民勤労動員令によって女子挺身隊は国民義勇隊として改組され、消滅した」

（Wikipedia）。

3　**豆腐屋の小父さん**　当時、「決して逃げてはならない。全力を挙げて地域を死守せよ」という指導がなされていた。そのため、豆腐屋の小父さんは必死に消火活動にはげんでいたのである。

4　**黄燐爆弾**　焼夷弾《しょういだん》のこと。焼夷剤として黄燐を使ったものであろう。

「焼夷弾は、焼夷剤（発火性の薬剤）を装塡した、爆弾・砲弾・銃弾である」。

「攻撃対象を焼き払うために使用する。そのため、発生する爆風や飛散する破片で対象物を破壊する通常の爆弾と違い、焼夷弾は中に入っているもの（焼夷剤）が燃焼することで対象物を火災に追い込む」。

「黄燐焼夷弾　黄燐（白燐）の自然発火を使う」。（以上、Wikipedia）

# 〝軍国少年〟はこうして育てられた

佐藤　功
筆者紹介　宮城県気仙沼市で生まれる

## 〝大東亜戦争〟への突入で学校教育は

一九三二年生まれの私にとって、少年期はまさに〝軍国主義〟一色の時代であったといえる。小学校一、二年は男女共学であったが、三年生になってからは男組と女組に分かれ、男女別学となった。

この年〝皇紀二千六百年〟ということで、わが国は神の国であることが強調され、確か「ちょうちん行列」が町で行われたような記憶がある。わが国は神の国であり、したがって天皇は〝生き神様〟であることが、学校の中では日常的に強調されていった。

三年生のクラス名は忠、孝、仁、義、礼、智、信というように変更され、私達国民は天皇の〝臣民〟であり、天皇は〝生き神様〟であって、その天皇のために命を捧げることは、人間として最高の名誉であり道徳であることが、学校教育のすべての内容であったともいえよう。

当時の通信簿が手許に残っている。恐らく母親が保存していてくれたものに違いない。その中に「誳誓」という項目があって、次のように書かれている。

1、私達ハ天皇陛下ノ御役ニ立ツ良イ子ニナリマス

1、私達ハ父母ノ命ヲ守ル素直ナ子供ニナリマス

1、私達ハ先生ノ教ヲ守リ強ク正シイ子供ニナリマス

そして、校訓として、

「教育勅語ノ聖旨ヲ奉體シ明朗闊達質實剛健ニシテ禮儀ヲ重ンジ勤労ヲ尚ビ至誠一貫ヲ以テ天壌無窮ノ皇運ヲ扶翼シ奉ランコトヲ期ス」（原文どおり）

とある。

このような学校教育体制が押しつけられる中で、一二月八日、真珠湾攻撃の報が軍艦マーチとともに放送され、日本は〝大東亜戦争〟(当時、軍部はこういう呼び方をした)に突入していったのである。

## 学校教育では―奉安殿や教科「修身」など

そして、四年生のときの通信簿では「本校教育の大綱」として、

1、国民精神ノ昂揚
1、健康教育ノ徹底
1、興亜教育ノ徹底
1、少年團運動の展開
1、家庭並ニ社會トノ連絡

があげられている。

こんな学校教育の影響なのか、いよいよ本格的な軍国少年への道を進むことに何の矛盾も抵抗もなかった。

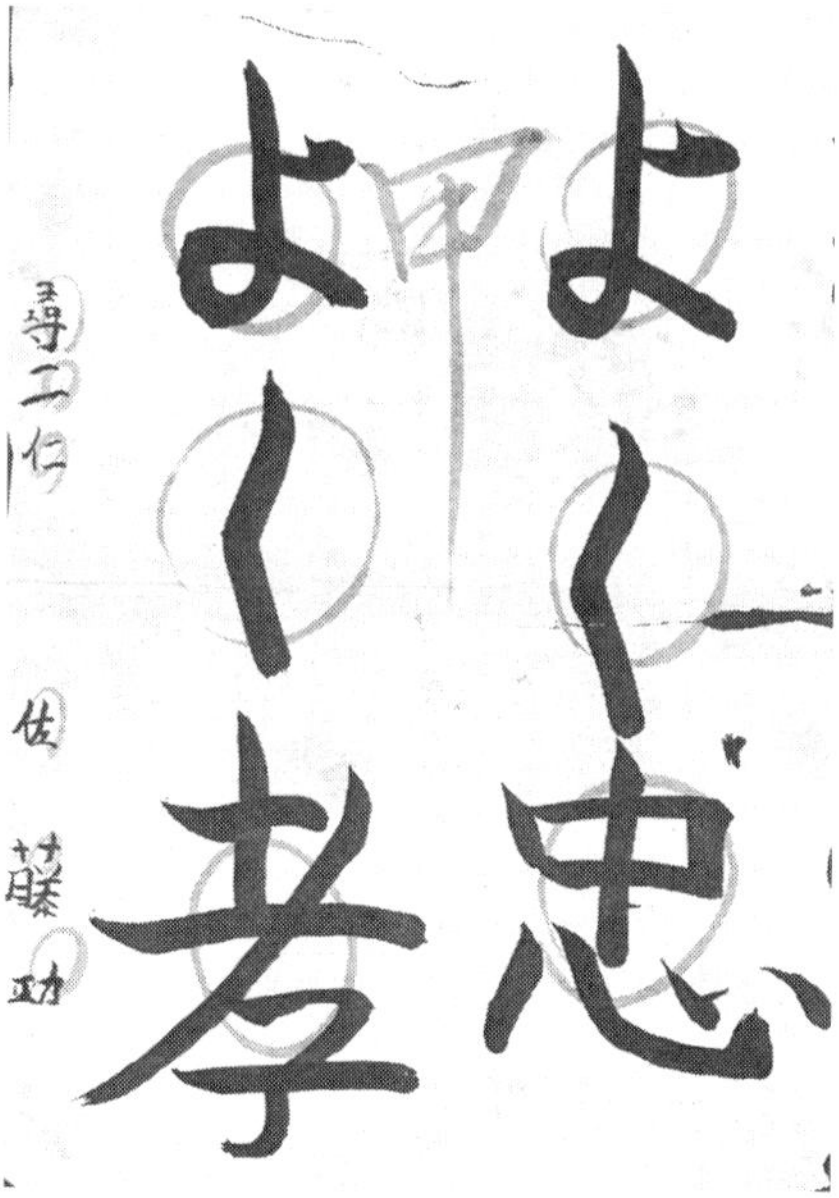


学校生活では毎朝、全校朝会が行われた。朝会では、まだ見たこともない天皇の住む宮城の方に向かい、「宮城遥拝」の号令で、全員が一斉に最敬礼をさせられた。天皇とは〝生き神様〟、つまり現人神《あきつみかみ》であり、「天皇」という言葉を聞いたり発したりするときは「気を付け」の不動の姿勢をとるように教育された。

天皇の写真が入っていた「奉安殿」は、どこの学校にもあったと思うが、その前を通るときは一時立ち止まり、最敬礼してからでないといけなかった。

「お前たちは天皇の臣民であるから、天皇のために自分の命をささげるのは当たり前である。それが臣民としての最高の生き方である」と、毎日のように叩き込まれていたのだから、何の疑問ももたなかった。

学ばされた教科の中で最重要教科は「修身」である。「親孝行」「天皇崇拝」「軍人魂」「忠君愛国」……といったような内容が、これでもかというほど教えこまれ、それ以外の自由な考え方は全くできなかったし、考えようともしなかった。いや、できなかったのだ。

高学年になると、「歴代天皇の暗記、教育勅語の暗唱、等々は毎日のこととなっていた。

## 海洋少年団に入団──毎日の行動は軍隊方式そのもの

三年生からは、地元の海洋少年団に入団した。

手旗、モールス信号、団杖を持った戦い方、軍歌の練習、ボートの訓練……。

そして、夏休みは近くにある島の学校を借りて、1カ月間くらいの合宿訓練等が行われた。当時は結構楽しんで参加していたように思う。合宿の朝はすべて海軍方式で、「総員起こし五分前」という教官の声で起床の心構えをし、総員起こ

しで起床、寝具の始末、校庭に集合して人員点呼、そして軍歌練習。軍歌は「月月火水木金金」「海行かば」等であった。

もう一つ、題名は忘れたが、今でも歌詞を覚えている歌がある。

風吹きすさび波怒る
海を家なるつわものの
勤めは日々に変われども
尽くす誠はただ一つ

こんな内容だった。

毎日の行動は軍隊方式そのものだった。手旗信号、モールス信号、ロープの使い方、団杖の戦闘、水泳、洋上でのボート。

水泳は黒ふんどし一丁で泳いだ。泳げなければ海軍軍人として恥ずかしいことだというので、一生懸命だった。

ときには早朝、〝敵上陸〟と5時頃に起こされ、団杖をもって海岸まで急行、敵との闘いを想定した訓練なども行われた。

ボート訓練は厳しかった。静かな湾内での訓練ではなく、外洋に出てのものだったから、波のうねりとうねりの谷間に入ると、隣りのボートが全く見えず、うねりの頂上に出るとお互いの姿を確認できるというものだった。県内合同の合宿が松島で行われたときは、ほかの少年団とのボートの競走があり、「負けたら昼めしぬきだぞ」という教官から、〝精神棒〟と呼ばれる棍棒で脅されたりした。

## 日常の生活

「鬼畜米英」「一億一心火の玉だ」「欲しがりません勝つまでは」「ぜいたくは敵だ」「忠君愛国」。こんな標語は日常的に身近にあった。つまり、戦いに勝つまでは我慢、我慢ということだった。

家にある金属類は金属類回収令ですべて供出。看板、階段の手すり、鍋、火鉢、仏具鐘などは、家庭から取り上げられてしまった。

子ども達のまわりでは軍歌ばかりが歌われていた。「大東亜決戦の歌」「空の神兵」「同期の桜」「加藤はやぶさ戦闘隊」「出せ一億の底力」「そうだその意気」等々。

全く軍歌に囲まれた文化状況だったといえる。そして、当時の六年生初等科国史・下には、「今や大東亜の陸と海を日の丸が埋めつくし、日本をしたう東亜の民は日に日によみがえっていきます。すべてこれ御稜威と仰ぎ奉るほかありません」とあり、大東亜共栄圏のために正しい戦いをしているのだと信じこまされていた。

その頃、東京はじめ名古屋、大阪、神戸が米軍機によって空襲されたりしたため、直接被害のなかった地方でも防空演習が行われるようになった。

家庭には、火叩き、とび口、防火用砂袋、バケツ、等が常備品として準備され、町会ごとにバケツリレーの訓練などがよく行われていた。

## どんな歌が歌われていたか

なんといっても「軍歌」と呼ばれるものが中心で、それ以外のものは軟弱だと排除されたようだった。今でも覚えているのは、前記したもののもあるが、「海ゆかば」「空の神兵」「大東亜決戦の歌」「そうだその意気」「加藤はやぶさ戦闘隊」「同期の桜」「出せ一億の底力」「日の丸行進曲」「出征兵士を送る歌」等々。
正確ではないかもしれないが、だいたいがこんな内容の歌だったように思う。

「出征兵士を送る歌」
わが大君に召されたる　生命《いのち》光栄《はえ》ある朝ぼらけ
たたえて送る一億の　歓呼は高く天をつく
いざゆけ　つわもの　日本男児
かがやく御旗先立てて　越ゆる勝利の幾山河
無敵日本のいさおし（武勲）を　世界に示す時ぞ今
いざゆけ　つわもの　日本男児
「紀元二千六百年」（ひそかに歌われた替え歌）

金鵄《きんし》輝く日本の　金鵄あがって15銭
栄ある光身にうけて　栄える光30銭
いまこそ祝えこの朝《あした》　いまこそ来たれこの値上げ
紀元は二千六百年　紀元は二千六百年
ああ一億の胸は鳴る　ああ一億の民は泣く

よく父親に煙草を買いに行かされたので、かえ歌の方を覚えているのも、庶民の本音の歌だったからだろう。

「日の丸行進曲」

①母の背中でちさい手で
振ったあの日の日の丸の
遠いほのかな思い出が
胸に燃えたつ愛国の
血潮の中にまだ残る
②梅に桜にまた菊に

いつも掲げた日の丸の
光仰いで故郷《くに》の家
忠と孝とをその門で
誓って伸びた健男児

正確ではないが、今でも歌えるものが数多くあるのは教育の力の大きさ、あるいは怖さと言えるかもしれない。

## 中学進学と終戦

中学校（旧制中学は受験があって、県立中学は街に一校ぐらいしかなかった）に入学してやらされたことは、第一に勉強より勤労だった。毎日、校庭を掘り起こし、全部をそば畑にする作業である。

登校するときの服装は、戦闘帽にゲートル。集団登校で軍歌を歌いながら学校まで30分の道を歩く。途中で先生に会えば、班長が「歩調とれ、頭右《かしら》」と号令をかける。

時間割の中には「教練」と呼ばれる時間があって、在郷軍人と呼ばれる教官が指導に来る。

「軍人勅諭」[注]の「ひとつ、軍人は忠節を尽くすを本分とすべし」等の大声での暗唱。そして、木銃を持たされて歩行練習、わら人形への突撃。とにかく一番いやな時間だった。終戦までの学校生活は軍事一色で、ときどき予科練、海軍兵学校、陸軍士官学校にいる先輩が学校に顔を見せ、講堂でカッコいい姿で在校生にハッパをかけた。私たちは、その格好よさに憧れに似た気持ちを持ったりしていた。

だから、夜は押入れの中に電灯を引きこみ、灯りがもれないようにして、陸軍幼年学校への入学を目ざして猛勉強をしたものだった。終戦になってよかったけど。

以上、当時を振り返ってみると、いかに教育が重要な役割を果たしていたかわかる。人間を育てること、それも戦争に役立つ人間を強制的に育ててきたかがよくわかる。

戦争で戦う人だけではなく、戦争そのものが正義のためだという体制を強制するものであった。私たち自身は、何の疑念をも持たずに従っていた、というより従わざるを得ない状況に置かれていたといえよう。一つの価値観の強要ほどこわいことはない。

注

**軍人勅諭**　「明治天皇が軍人に下した勅諭。1882（明治15）1月4日公布。'78軍人訓誡で定めた徳目を整備し、直接天皇に結合させて、天皇制軍隊建設のための軍人精神育成を目的とした。前文には、大元帥としての天皇が直接軍の統帥にあたることを述べ、後半に、忠節・礼儀・武勇・信義・質素の五つの徳目を掲げ、天皇への絶対的服従を説いた。軍人には暗記させて徹底的に普及をはかった（『角川日本史辞典　第二版』）。

# 学校はどういう場所だったか

山田　勉
筆者紹介　埼玉県本庄市で生まれる

## 日本軍国少年養成所

「おーい山田君、日本とアメリカの戦争が今朝始まったよ」「エー本当」「うん、真珠湾というハワイの港に停泊していたアメリカの軍艦を日本の飛行機が奇襲攻撃して、戦争するぞと告げたんだって。お父さんがラジオのニュースを聞いて教えてくれたんだ」。

昭和一六年一二月八日、通学途中のことだった。山本君のお父さんは町の警察署長で、官舎に住んでいた。小学校三年生のときで、開戦と聞いて少し不安が脳裏をよぎったが、それ以上に特別の考えは出てこなかった。

しかし、この日を境にあれよあれよという間に学校が激変したのである。学校というより「日本軍国少年訓練所」と言ったほうがいいだろう。開戦前も、軍馬に与える干し草づくりが宿題として強制されたり、兵隊の服を作るために桑の皮を乾燥させて持ってこいと言われたり、私も姉達も大変苦労させられた。しかし、この日を境にそんな生やさしいものではなくなったのである。毎日が天皇のお役に立つための教練という方向へ、学校教育が急激に露骨に変化していった。

「日本軍の勝利につぐ勝利！」「日本は神の国なのだ！」「天皇（当時も今も天皇陛下という）は現人神《あらひとがみ》である。神様なのだ！」。こんなことが校長から毎朝、全校生徒に話されるようになった。朝礼が終わると、今度は担任の教師がさらに細かく、「日本人は皆天皇の臣民（天皇にお仕えする身分）である。諸君は天皇の赤子《せきし》（天皇の血をひく子孫）であり、いつでも天皇のために命を投げ出す心構えを持て」。こんな具合になったのだ。先生の頭には日の丸の鉢巻がしめられていた。信じがたい話であるけれど、本当のことである。

よくもここまで教育現場を破壊し、軍国少年育成の場にしたものだと、怒りがわいてくる。

こうした悲惨な体験の反省から、憲法、教育基本法では教育現場への支配介入は厳しく禁止されている。この憲法、教育基本法を変えようとしているのが安倍内閣。私達は人間の尊厳をかけて、今の政府や反動派の目論見を阻止しなくてはならないと思う。アメリカの尻馬に乗って海外で戦争のできる国などにしてはならない。

## お国のために鍛えよ

開戦後、子供達を戦場で「立派に働かせるため」の取り組みは、体操補助具の面で突然変化を見せた。

びっくりしたのは「円錐壕」。べいごまを逆さにしたような形をした大きくて深い壕だ。直径20メートル、深さ10メートルもあったと思う。高島平団地の旧ジャブ池広場にあった山形スベリ台をひっくり返して地中に埋めたと思えばぴったりである。

その急斜面の壕で、身体を斜めにして勢いよく走る。スピードを落とせば下まで落ちてしまい、なかなか上がれない。下の方まで走って降り、また上までかけ上がる。先生から聞いた話だが、この運動（訓練）をしていると、飛行機や軍艦に乗るときに役立つのだそうだ。

もう一つは、「城壁登り」運動具だ。高さ2・5メートル、横幅3メートル、奥行の下部が2メートル、上部が60センチくらいの木製機具だった。これは城の外壁や塹壕など障害物を登り越えるための訓練用具だ。勢いよく走ってきて、利き足で身体を上に蹴り上げて登り、反対側に降りる。毎日訓練させられた。誰がこんなものを学校に持ち込んだのだろうか？　文部省の指示か県の指示かわからないが、よくもこんなものを平然と作り子供に訓練させたものだと、驚いたり怒ったり。子供のときは、何も考えずに夢中でやっていた。

教育が完全に軍部に支配されていたことは、間違いない。野球や蹴球（サッカー）をやりたかったのに、その方向に目を向けさせる教師はいなかった。

## 松根油《しょうこんゆ》

開戦の翌々年、小学校五年生になると、飛行場建設にかり出された。歩いて5キロもある隣村に建設中の飛行場に行き、松の根を掘ったり拾ったりして、それを背負って学校に持ち帰る。学校にはその頃すでに兵隊が配属されていて、学校の隅でドラム缶を使い松根油を作っていたのである。

松の根をドラム缶につめ、下から薪を燃やして油をとる。子供達には軍馬の餌にする干し草、軍の衣類に使う桑の皮を宿題として要求し、校庭の片隅で細々と松根油をつくる。それで戦線はどんどん広げる。考えれば、子供でも無謀な戦争だと気付くはずだが、悲しいかなであった。

辛かったのは松の根を背負っての帰り道である。松の根は重く、生徒が背負う一束の重みは、10キロ前後はあっただろう。真夏の炎天下の焼けたジャリ道を裸足で帰校した。40人くらいの一クラスは二列縦隊、前半分が先生の指揮で「むかしむかしそのむかし」と大声で歌うと、後ろの半分が繰り返して「むかしむかしそのむかし」と歌いながらの帰校であった。こうでもしなければ、いつ誰が座り込んでしまうか、あるいは倒れてしまうかわからないような状況だったのである。先生は前から後ろ、そして前と、絶えず全クラスに目配りし、手を降りあげ皆を鼓舞激励していた。しかし目は血走っていた。その目は恐怖におののく人の目だったと思う。

私は、夏も冬もあまり変わらぬ服装で野山を駆けまわるような、まるで犬みたいな生活をしていたので平気だった。しかし友達は苦しんでいたのだった。楽な暮らしをしていた同級生は声も出せないありさまで、見ている私の方がとても辛かったのを思い出す。

## 勉強どころか殺りく訓練の日々

昭和二〇年の春、胸躍らせて埼玉県立本庄中学校に入った。私の町から入学したのはたったの15人ほどだった。

入学はしてみたものの教科書もない、食料もない、先生も不足、およそ勉強する環境は学校になかった。

ないないづくしの中で、あるのは日米本土決戦に備えての人殺し教練だった。教官は軍曹の経歴を持つ体育の先生。夜陰に乗じて腹這いになり、銃（古い形の九九式という本物）を左手に、右手のひじから下と足を使って前進（匍匐《ほふく》前進）し、米兵に近づき背後から突き刺す訓練を、しつこくやらされた。さらに惨めなことに、銃がないとき、米兵に近づいたら背後から声をかけ、米兵が振り向きざま右手の人差し指と中指を目の中に突きたて、相手の目が見えなくなったら武器を奪うか武器になるものを探せ、と言うのだった。

こんな馬鹿げた訓練を

たっぷりやらされたのである。私は当時1メートル50センチくらいのちびだった。そんな子供に平気で、しかも丸腰でも米兵と戦えと教えたのである。これが月謝を納めて学問を教えてもらう中学の現場の実態であった。一級上は軍事工場に徴用されていた。なかには志願して軍隊に入っていった上級生もたくさんいた。終戦になり、これらの上級生が学校で大暴れし、大騒動を引き起こしたのである。

## 勉強どころか馬の代わりの使役

終戦が近い頃になると授業はほとんどなし、朝礼だけをすませた後、出征農家に農作業の勤労奉仕に行かされて働かされた。

麦刈りや田植え前の一連の作業などを何でも教えられ、懸命に働いた。忘れることのできないのは、馬や牛が引く大型の鋤鍬《すきくわ》を生徒三人で引かされたことである。荒縄12本で編んである太いひもが鍬に結びつけられていて、それを肩にかけて引くのです。三人の生徒それぞれが太い荒縄を肩にかける。

年老いた農家の主人が「ハイイッー」と声をかけたら、三人が気持ちを一つにして体を前に倒し大地を蹴って必死に進む。中学一年坊主が馬の代わりだ。見事に土が掘り起こされていく。馬や牛は軍部に徴用されてしまったのである。

そのとき一年坊主は何を考えていたか？ 恥ずかしながら昼飯のことだけだ。農家だからきっと白い米を炊いて食べさせてくれるだろうというのが、ただ一つの励ましだった。「少年よ大志を抱け」は有名な言葉。でも私達少年は「大食《たいしょく》を抱け」だった。

飛行場の周囲は松林で、小高い丘に続いていた。私達は農作業が終わるといつも、飛行場のはずれの松林で待ち合わせをした。連座になり、あぐらをかいて、話題はいつも昼飯のことだった。「俺のところは銀しゃりにカレーだった」「俺のところは麦飯だよ」「ついてなかったなあ、明日に期待しよう」。こんな夢も希望もない少年達だった。

こんなときだった。「おーい、中学生！ ちょっと手を貸してくれ」。大声で叫んでいるのは飛行基地の将校だ。「飛行機を山の壕に入れるんだ！ 早くしてくれ」。そう言って私達を誘導し、「押せ！」と号令するのだった。ヨイショ、ヨイショと飛行機を押し、松林の奥の壕に隠すのだ。「敵機が来るのになぜ迎撃しないのですか」と聞くと将校は、「本土決戦に備えておくのだ」と言っていた。

あの身の毛もよだつ凄惨な沖縄戦と同じことを本土でもやる。軍部は本気で考えていたのであった。軍部の野蛮さと無謀さにただ驚くばかり。今にして思えばだが……。

## 敵機の襲撃をかいくぐって家に帰れ

今日はひさしぶりに普通の授業、と思ったら、空襲警報発令。速やかに帰宅せよというのが学校の決まりだった。冗談じゃない。学校と家とは八キロ離れていて、ちょうど中頃に飛行場があり艦載機にねらわれる。それでも帰れというのであった。

町から通う中一のガキどもは一列になって自転車で県道を北西に走る。一番前と後ろの二人が見張り番だ。耳を澄まし目を光らせ、敵機の近づくのを皆に知らせる役目だった。

ところが子供の集団である。ワイワイガヤガヤ、家まであと三分の一というところで突然轟音！　もう頭の上にアメリカの戦闘機グラマンがきている。真っ青になって自転車に乗ったまま桑畑に突っ込み、顔を上げることもできない。5分間くらいの攻撃だったと思うが、その時間の長いこと。静かになって、やっと立ち上がり、皆で無事を確認し合った。しばらく胸がドキドキ高鳴っていた。

あとで解ったことだが、見張り役の一人は東京からの疎開っ子で、空襲に慣れているというか、度胸がいいのか、桑畑に突っ立って頭を葉の上に出し、敵機の動きを見ていたと言う。見張り役の責任逃れのために「心配ないんだよ」と言いたかったのか、それは知らない。

それにしても、こんな危険は学校側も私達も充分承知している。何もかも無茶苦茶な話なのだ。戦争というのは一般国民には無関係で、軍部だけが戦をするというのではない。国ぐるみ丸ごと犠牲になる、生命も思考も全て統制され、圧迫され、個人の主張など認められない！　そういうものだということを、いやというほど知らされたのである。

## 英語の原書を読み聞かせ──建設の言葉を教えた校長は？

今思うと体中の血液が沸騰するほど恥ずかしい。

校長先生は反戦平和の思想を持っていた！　これは終戦後私が上京してからふと思い当たった確信である。

渡辺校長は終戦直前に私のクラスの教壇に立たれた。分厚い本を片手に、西洋のオバケの話をしてくれている。私の右側を後ろからユックリ話しながら通りすぎる。本の文字がよく見えた。何と！　それは英語の原書だ。直訳しながら聞かせてくれていたのだ。敵国語として英語などろくに教えない時勢だったのに。

入学式のとき、私の面接試験の相手は、この校長先生だった。教えられたように私は軍隊仕込みの礼をきちっとして、先生の前に立った。静かな声で「建設」という字を黒板に書きなさいと言うのだ。幸い、小学校では教えてもらえない言葉だが書けた。

意味はどういうことですか？　と問われた。はい！　物を造ること、例えば学校とか、家だとか、そういう意味です。ありきたりの答えだった。しかしあの時代、全て破壊しつくす戦争末期、子供に建設の二文字と意味を質問した先生の心はどこにあったのか？

思えば、建設の反対語は破壊、戦争はいけない！　それを知らせたかったのだということに、大人になってから気づいたのである。

## 校長先生ごめんなさい—「だっくりさん」のこと

校長先生は毎朝朝礼台に立たれたが、戦争の話は絶対にしなかった。極めつけは校長先生の敬礼である。軍から配属されている将校の居並ぶ全校集会での朝礼台に立つ先生！「気をつけ！」「敬礼！」。軍人かと思うほど気合いの入った号令は教頭先生！　あだ名は水牛。

台上の校長先生の右手がゆっくりと、非常にゆっくりと顔のあたりまで上がる。しかし手は静止しないまま、ゆっくりと下がる。手がおりきると、静止せずにまた二、三度ぶらぶらさせる。身体も少しだらしなくゆれている。〝気合いの入った号令〟を打ち消す効果は充分だ。こんな姿を見て誰かが「ダックリ」というあだ名をつけた。

この態度はまぎれもなく軍部、軍国主義教育に対する抵抗だったのである。

昭和二六年、私が東京に出て来て、翌年二十七年のある日突然気づいた。反戦校長の悲しい抵抗！　気づいたあとは何日も興奮していた。そうだったんだ！　校長先生、すみません！　ダックリさんなどと言っていたことを許してください。何度も心の中で叫んだ。

なぜ郷里に帰って先生に詫びなかったのか、なぜ友人に自分の思いを話してみなかったのか。今でも自分の軟弱な意思が恥ずかしく思われる。そして、何よりも中学入学の面接試験のとき、「建設の反対語は破壊です」、「物だけでなく人間性も、内心の自由さえも破壊しつくす戦争には反対します」となぜ言えなかったのか、悔やまれてならない。幼く愚鈍な少年であったことを恥じ入るばかりだ。

後悔先に立たず、渡辺校長先生すみません。でも私は今七五歳、校長先生の思いを胸にずっと生きてきました。それを先生の〝墓前〟に謹んでご報告申し上げます。

## 三度経験した特別の恐ろしい体験〔その1〕
### ――おまえ達の首を切り落とす！

一九四五（昭和二〇）年八月一五日、「天皇の放送があるから集まれ」という隣組からの連絡があった。ラジオがある近所の家の、前の道路に集まった。カンカン照りの真っ昼間の道路上で初めて聞く天皇の声！　私は一番後ろの誰からも見られない場所にいた。人間離れした変な声、変な抑揚、笑いをこらえてただそこに我慢して立っていただけである。

しかし、前の世話役や識者は泣いている。何があったのだろう。すぐに、日本が連合国に無条件降伏したことを聞かされた。不安な気持ちになったが、それ以上自分の頭で何も考えることはできなかった。

翌日、隣村に住んでいる叔父から耳を疑う恐ろしい連絡がとびこんできた。「米軍が上陸してくる、日本は占領される。男は使役のための奴隷にされ、女は連れ去られて売り飛ばされたりする。そんな辱めを受けるくらいなら死を選ぶ。皆の命を叔父にくれ、首を切り落とす。自分も最後に自決する」と言う。本当に信じられない使いの者の伝言である。必ずもう一度連絡するから心の準備をしておけというのだから大変である。

兄弟姉妹で相談したって結論を出す能力はなかった。しかし私は、このときばかりは「イヤ」だと言いはった。何か思想が働いたわけではない。恐ろしかっただけなのだ。逃げてでも生きたいと思った。首を落とされてたまるか！　そう思った途端に身体がガタガタとふるえた。ふるえがなかなか止まらなかった。何日たっても叔父からの二度目の集まれの連絡はなかった。このときの真相をどうしても明らかにしたいと今思っている。

## 三度経験した特別の恐ろしい体験〔その2〕

### ――ミズリー号に突撃するぞ！

その頃、町でも大騒動が起こった。「文会堂（町一番の文房具店で人手の多い場所）のところに航空隊がトラックで結集している。大変な事が起こっている」と言いながら走り回っている若い衆がいた。

怖いもの見たさで私も走って現場に行った。人をかき分け一番前へ出た。そこには飛行場所属のトラック4、5台が並んでいた。兵士がぎっしり詰まるほど乗っていた。旅館、料理屋、大きな店等、泊められる家庭が兵士を受け入れていたのである。

トラックの上から兵士が口々に叫んでいる。「われわれは連合軍に無条件降伏することを受け入れない！　調印の行われる米艦ミズリー号に突入して自爆する！　武運を祈ってくれ！」、こんなことをこぶしを振り上げてアピールしていた。

町民も万歳万歳で、まさに騒然たる情景であった。そのとき、甲高い声を上げながら、ゴム長靴、ねじり鉢巻、腹巻き姿の小柄な八百屋のおじさんが、トラックによじ登ろうとしはじめた。「兵隊さん、俺も連れて行ってくれ！　頼む！」、「親父さん！　連れていくわけにはいかん！　車から離れろ！」。騒然に拍車がかかる。

これに刺激されて興奮がさらに大きくなった。私の足もガクガクしだした。どう思ったらよいのか？　軍国少年として負けたくない、かといって調印の軍艦に突撃する決断（賛成する）もできない。もう私の頭はパニック、大勢の町民もそうだったろう！　ドキドキしている私や多くの町民をかき分けるようにトラックは飛行場に向けて走っていった。万歳万歳の声に送られながら。

しかしその後の消息は何も解らない。今のように情報がすぐに得られる時代ではない。多分、飛行場で軽挙妄動は慎めといって静止されたのかも知れない。しかし、後で記す自爆のことを思うと、これは信じられない。

## 三度経験した特別の恐ろしい体験〔その3〕
### ――終戦後に目の前で自爆！

クラスの友人が「飛行場で兵士を乗せたまま飛行機が自爆している」と興奮して話してくれた。「俺はこの眼でしっかり見た」と言うのである。私も見たい！　怖いもの見たさからというか、何かに憑かれたように、学校帰りの足は飛行場に向かっていた。本当なのだろうか、私達と年齢が大きく差があるわけでもないと思うし、同じ日本人。私など自分の意思もはっきりできないまま、時流に流され、右往左往してきたというのに、この時期に自ら死を選ぶなんてどうしてだろう。判断のつかぬ自分が情けなかった。

そんな思いで飛行場に飛んで行った。到着した途端に友人の証言どおり衝撃的光景が眼に飛び込んで来た。待っていたかのように、である。私の立っているところと100メートルと離れていない。いくつかのドラム缶から10メートルくらいの炎が上がっている。そこへ三方から、ブルンブルンとプロペラをまわしながら飛行機が接近してくる。兵士の頭が見える。私の胸はドキドキと高鳴っている。機首がドラム缶に重なって間もなく、どかーん、どかーんと数回爆発音がした。炎と煙が凄まじい、兵士の姿はもう見えない。戦争は終わったのに、なぜ死ぬんだ！　私はそこに立っているのがやっとというショックを受けていた。恐ろしさ、凄まじさに、ただ身体がこわばっていた。ガタガタ震えていた。

戦争の惨さをいやというほど思い知らされた。何日も何日も、この惨い光景が頭から離れなかった。自爆した若い兵士のご両親は健在だったろうに、兄弟姉妹も、また愛する人もいたろうに！　私はそれをじっと思い続けてきた。

## 終わりに――震えてばかりいたダメ少年からのメッセージ

ひとまず私の戦争体験を終わらせていただきますが、ここで今の私から総括的意見を述べさせていただきます。

国家権力が先頭に立って、軍部と結託して教育現場で平然と嘘を教え、戦争に駆り立てた。その犠牲者は国内で三百万人を超え、アジアでは二千万人の人々が尊い命を奪われた。

今、沖縄県民が、歴史の事実を消し去ろうとしている反動勢力に対して、火のように燃え立つ怒りを結集しようとしている。あの惨たらしい沖縄の地上戦は、もしかしたらそのまま本土で再現されたかも知れないのだ。私はその道に駆り立てられていたのである。

宇宙から見える青くて美しい地球には、国境はない！　宇宙飛行士の言葉だ。

月へ人間が降り立つ時代に人々が殺し合っていいはずがない。世界中の人間が謙虚になって、紛争は武力で解決しない！　人殺しで解決しない！　と決意して、国連中心の外交努力で平和を手にする道を選ばないと、地球そのものを壊しかねないことになるだろう。

今、私達にとって大切なことは、平和憲法を命がけで守ること、人の生きる権利は絶対に手放さないこと、アジアの人々はもとより世界の人と平和、友好、互恵の心で結ばれる立場に立つこと。

これが、恐ろしさにガタガタ震えてばかりいた、山田少年の確信である。

# 私の戦争体験　7〜8歳

佐藤　静子

筆者紹介　東京都新宿区四谷で生まれる

## 母と2・26事件

母は毎朝5時に目覚め、階下のトイレに行った。昨夜は雪だったらしく、辺りは白一色に静まりかえっていた。しかし、母は何者かがひそかに動く気配を感じてトイレの小窓から外を覗くと、銃剣を携えた兵隊が小声で「窓を閉めてください。あなた方には危害を加えません」と言った。母は恐ろしさと寒さと緊張感でガタガタ震えながら父を起こした。昭和一一年二月二六日、2・26事件の朝のことである。

私の家は四谷若葉町の三丁目にあった。隣接する邸は内大臣斉藤実蔵相の私邸である。青年将校らが国家改造を要求したクーデターは数人の国家要人を殺害し(斉藤実もその一人)、鎮圧された。

その後、事件に関する様々なドラマが語られたが、江戸っ子の母はそのときの様子を自分と兵隊とのやりとりを交えながら、さながら忠臣蔵を語るように面白おかしく私ら兄妹に話したものだ。そして、「静ちゃんはそのとき、わたしのおなかにいたのよ」というのだ。

この事件の次の年には日中戦争が開戦されている。太平洋戦争へひた走る日本。私は生まれたときから、いや母の胎内においても、すでに戦禍の中にいた。

## 入学式の写真

昭和一八年四月、四谷第一国民学校入学。私は紺色のセーラー服にえんじ色の蝶結びリボンを胸もとにつけ、上衣と揃いの襞スカート、白ハイソックスに黒エナメル靴をはいていた。母は着物姿で、子どもの私の目からも「きれい!」と感じていた。太平洋戦争突入二年目である。しかし集合写真はない。自粛して写さなかったのか、その後の数回にわたる東京空襲で焼失したのか定かでない。その頃流行のセーラー服を着たり、親がモンペ姿でないのは、なぜかホッとする。

## 祖母と特攻隊

東京にB29が空襲するようになったのは昭和一九年一一月以降である。私の記憶では九歳の秋、それは二〇年に入ってからのことかもしれない。

空襲警報のサイレンがとぎれとぎれに不気味に鳴り響く。私の家族は母、姉、妹、弟、中一の兄。すばやく床下の防空壕に入ったが、祖母の姿が見えない。呼びに行かされた私は玄関の外にいる祖母を見つけた。祖母の口ぐせは「死ぬときはいっしょだよ」だった。その祖母が足をふんばって手をかざしながら上空を睨んでいる。「来たけりゃこいっ！　死ぬときゃいっしょだっ！！」と大声で怒鳴っている。この迫力十分な頼もしい祖母にしがみつきながら空を振り仰いだとき、私は確かに特攻隊の体当たり攻撃を見た。

雲一つなく晴れわたった上空にＢ29がゆっくり泳ぐように通過していく。そのとき、斜め下方から小さな機体の（日の丸がはっきり見える）戦闘機が矢のように突っ込んでいった。あっという間に火花が散り、ややあって鈍い爆発音とともにバラバラになった機体が火煙とともに落ちていく。一瞬のでき事だった。Ｂ29は、大きく輪を描きながら、ゆっくりゆっくり細い煙を空中に残しながら旋回し降りていく。そして、パラシュートが開き、人間を地上に運んでゆく。

祖母は、「かわいそうに、かわいそうに」をくり返している。涙が次から次へ頬を伝わる。私は事態が解らないわけではないが、突っ込んだ方が木っ端微塵で、突っ込まれた方は損傷を受けながらも生還する。何なのだろうと思った。

当時の私の父は軍属に、二人の兄は徴兵され外地に、もう一人の兄は予科練として霞が浦で訓練を受けていた。

## 空襲に怯えて

うとうとと寝たのかもしれない。けたたましく鳴り響く空襲警報を告げるサイ

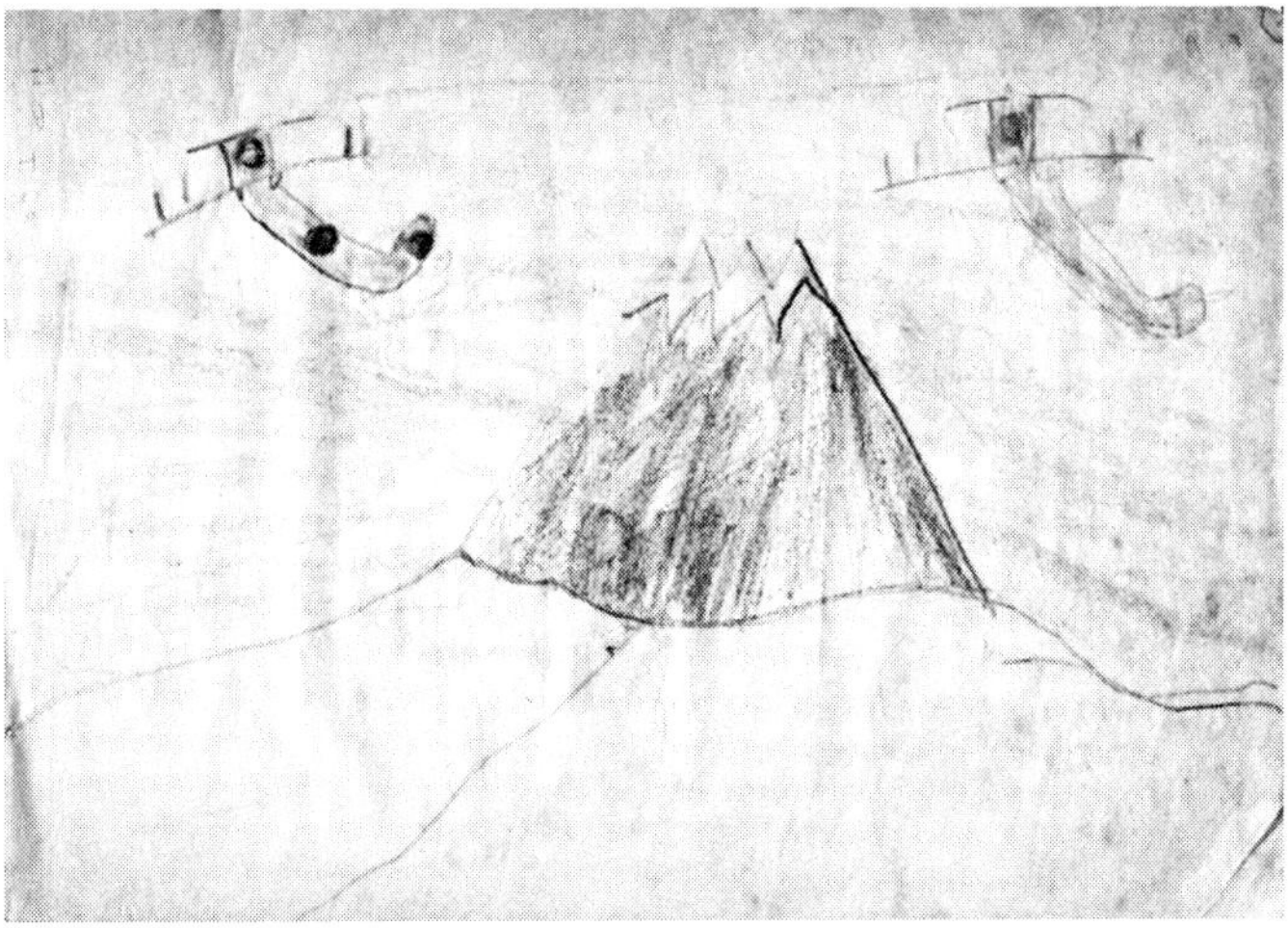

レン。何回も何回も喘ぐように鳴る。「タイヒ！　タイヒ！」と叫ぶ隣組長のメガホンの声を背に、私は家を跳び出した。一昨夜から着たままの上衣とモンペ姿。運動靴まで履いていたから早い。枕もとの救急袋を肩から斜めに掛け、ランドセルを背負い、最後に防空頭巾をかぶるのに時間はかからない。私の寝床になった押入れから跳び出す。

母が妹の広子を背中に負ぶう間ももどかしく「早く、早く」と急がせ――私はひたすら走る。300メートルくらい先にある横穴式の防空壕まで。夜空にサーチライトが走り、焼夷弾の降るあかりで、辺りは昼のように明るい。地を這うような轟き、メガホンの叫び声、焼夷弾の炸裂音。しかし私は聞かない！　聞こえない！　走って走って大きな横穴式防空壕に入りこむ。母の「待って、待って！」の叫び声も私を止める力にはならなかった。

たどり着いた壕は逃げてきた人々であふれかえっている。人をかき分けてやっと座る。我に返り周囲を見まわすと、どの顔も防空頭巾を目深にかぶり下を向いているから、誰が誰やらわからない。妹を背負った母を待たずして来てしまったが、気持ちが高ぶっていて心細いとか恐ろしいとか悲しいとかの感情は私にはなかった。ひたすら下を向いてこの恐ろしい時間の過ぎるのを待った。

座る場所を確保するのも困難なくらい混み合った壕の中は、カビ臭く空気が淀んでいる。そして静寂の中に時折ズシン、ズシンと地を揺るがす爆撃音が恐ろしい。祖母の「死ぬ時はいっしょだよ」を何度も思い出しながら耐えた。何時間が経過しただろうか、入口近くが賑やかになり、人々がのろのろと立ち上がった。私は爆撃が終わったことを知り、一人で家に帰る。

昭和二〇年三月一〇日だった。私は二年生であった。こんな状態が日に何回もあっても、私には慣れることではなかった。

灯火管制も怖かった。母は家中の襖をはずし、窓という窓に立て掛けて灯が外に漏れないように工夫してくれた。それでも私は怯えて泣いた。

## 空襲のない所へ行きたい

三月一〇日の下町の大空襲以後だと思う。母が学校に呼び出され、①②③のどれかを選ぶように言われた。①縁故疎開、②学童集団疎開、③残留。家族会議の結果、私の強い意志で②の学童集団疎開を選んだ。

祖母は「死ぬときはいっしょ」と主張したが、私は「死ぬ」なんて考えられないし、怖いことを「いっしょに」も嫌だった。田舎に行けば空襲がない、田舎に汽車で行くことも楽しそうだった。当時ラジオで毎日流された「父母のこえ」という歌が私の心を誘った。かくして私は学童疎開に加わることになった。

太郎は父のふるさとへ
花子は母のふるさとへ

さとで聞いたは何のこえ
雲のすじ曳く荒鷲の
ゆめも大きく羽ばたけと
空のはるかで父母のこえ（三番）

何か明るい未来が待っているような気がした。

## 母の情報収集力と祖母の底力

決めたが早いか母と祖母は即、ご近所、知りあいをかけまわり、私の出発までの数日間に、当時貴重な砂糖、油、小麦粉および〝鉄砲玉〟という飴を調達してきた。自作かりん糖を作り大きな茶筒に入れた。小さな茶筒には鉄砲玉を入れた。さらに布がないので、何とひな壇の赤い毛氈を洗濯して下着を縫い上げてくれた。

出発の朝、母は私に「かりん糖と飴玉は誰にも見せちゃだめよ」。「どうして？」という私に「お腹がすいたら一番の仲よしさんと食べなさい」。この母の心は後ほどわかる。

## 新宿駅ホームでの別れ

リュックの中には、かりん糖と飴と赤いパンツにシャツ。そして弁当。それは、遠足気分でウキウキしている子ども達と、目にハンカチを当て通しの親たちの、対照的な妙な光景だったに違いない。二度と生きて会えるかどうかわからないのだから、親たちはホームに大勢押しかけ、最後まで我が子のそばにいたいと大変な騒ぎだった。

列車が動き出すと子ども達は争って窓から身を乗り出し、いつまでも手を振り続けた。しかし親の姿が遠ざかるほどに子ども達は下を向き始め、列車内はシーンと静まりかえった。これから先、空襲の恐怖にとって代わって「飢え」と「心の寂しさ悲しさ」の恐怖が待っていようとは、誰が知ろう。

## なくなったかりん糖と飴

山梨県中巨摩郡鰍沢村は昔行商人が宿泊した宿場町で船宿も栄えていた。富士川に沿った細長い街であった。

疎開児童は三か所の旅館に分宿していた。私の宿舎は「粉屋」だった。ここで二〇年三月二一日から一〇月一〇日まで約七か月間生活することになる。女子の部屋は三間続き、延べ18畳に一年生から四年生まで20名くらいが生活した。

すでに疎開していた子ども達は皆痩せこけていた。目をギョロギョロさせて食べ物をねだった。私は大切な大小の茶筒を自分のロッカーの奥深く隠した。にもかかわらず翌日には失せていた。母が私に言った言葉も思い出したが、どうしようもなく我慢するしかなかった。

それからは飢えとの闘いのみと言ってもよいだろう。

## 芋を盗む

戦況が厳しくなるに伴って、疎開児童への主要食糧も悪くなる一方だった。子ども達は口に入れるものを求めてさまよった。土手のスカンポを食べ、桑の実をほおばり、農家の柿を盗む、畑のトマト、きゅうり、えんどう豆、はてはお手玉の布を破り中に入っている生のままの大豆や小豆など、口に入れられるものは何でも食べた。台所から岩塩を盗んできてなめる子もいた。衛生状態も悪いので慢性的な下痢になる子もいて、子ども達の身体は目にみえて細くなっていった。私も三年生で16キロしかなかった。おやつに出た15か16粒の煎豆も男の子に取り上げられたりした。

それはジリジリと照りつける太陽の季節であった。子どもの足で30分ぐらい山に登ったところに、先生や子ども達で作ったさつま芋畑があった。そこから、さつま芋の収穫があった。皆で芋を洗い、「甘くなるまでもうちょっと待ってね」と先生にいわれて、生つばをのみながらも旅館の大屋根に干した。二階の廊下の窓を開け、屋根に並べた。赤むらさき色の芋が輝いて見えた。「おいしそー」とみんなが思っていたに違いない。

その夜、隣のふとんの清ちゃんが私の横腹を突っつく。「さつま芋たべよう」「みつかるよ」と問答しながらも、私自身あのおいしそうな芋を想像して、お腹の虫が鳴るのを抑えられなかった。二人で音をたてないように這い出すと窓を開け、屋根に下りた。月夜に輝らされた瑞みずしい芋をつかんだ瞬間、両手に芋を握ったまま足を滑らせ、音をたてて屋根からころがり落ちた。

時も時、旅館の主が便所に行こうと階下の廊下を歩いていたら、子どもが音をたてて二階の屋根から落ちてくる。慌てて裸足のまま庭に飛び下り、両手で子どもを受け止めた。その子どもが私だった。後年「粉屋」を訪れた時、女主人は健在であった。私の名を告げると覚えていてくださり、二人で手をとり合って泣いたのだった。主人は数年前に亡くなったとの由。

## 父の大きな腕に抱かれて

一〇月、新宿駅ホームに立ったとき、何もない焼野原の風景が別世界にやってきた異邦人のように心細かった。焼け残った四谷第六国民学校の体育館で、家族の迎えを待った。岩間村に疎開していた六年の姉さんと一緒になれたのは嬉しく心強かった。迎えの家族と喜び合う友達を何回羨んだことだろう。とうとう最後の最後の一人になってしまった。もしや家族はみんないなくなってしまったのではないか。

陽も沈みかけた。とそのとき、体育館の鉄の扉が両端に大きく開かれ、その正面に大男が立ちはだかった。オレンジ色の夕焼けを浴びて、その大男はシルエットのように浮かび上った。

「静子か？　和野か！」と靴音を立てながら駆け寄った父は、しっかりと二人を両腕に抱えてくれた。ああこれで「私の戦争は終わった！」。うれしさと安堵で心も体もへなへなと崩れる感覚だった。

## ■資料1　教育勅語

### 教育勅語とは何であったか

教育勅語が日本のあらゆる教育の基本方針として尊重されていたのは、一八九〇年から一九四五年にいたる五十五年間であり、国会でその排除・失効の決議が行なわれた一九四八年までをふくめると五十八年間であった。これは長かったか、それとも短い期間であったろうか。十分に意味をとらえきれぬ文章に全国民が拝礼させられていた期間が半世紀以上にも及んでいたのかと思うと、これは長かった。逆に、勅語が国民にあたえた印象の強さを思うと、案外に短かったではないかとも思えてくる。いずれにせよ、勅語が国民にとって大きな存在であったことは明らかであり、排除・失効決議以降の年月が次第に長くなっていくとしても、勅語が何であったかという問題には日本人一人一人がそれぞれ決着をつける必要があるのではないか。

一般に近代国家には、自己の偉大さを教え、将来への自信を植えつけることによって、国家の次の担い手を育てようとする傾向が強い。そのなかで、日本では格別にそれが目立ち、感情の訓練と知識の教授とのすべてが、国家への献身を誓う臣民の形成に役立つように仕組まれていた。この目的追究の巧妙さについては、イギリスの哲学者バートランド・ラッセルをして、「賞讃の術を知らぬほどである」（『教育論』一九二六年、堀秀彦訳）と言わせるほどのものであった。

しかし、巧妙に見えて、そこには相当の無理がつみ重なっていた。無理は、さまざまな可能性をもった人間を一つの枠に押し込めようとするところから生じた。それをあえて進めようとした根本の動機としては、十九世紀後半の困難な国際・国内の情勢があったことは否定できない。明治政府はこの内憂外患の状況を克服し、急速に西洋に追いつき、富国強兵の実現に向けて国民を結集しようとした。外国との度重なる戦争が続くとき、国民を一つの方向に向かわせるうえで、教育勅語を中心とした学校教育はある期間、有効に働いた。富国強兵に必要な西洋の科学・技術導入に不可欠である学力の下地は前代からあり、勅語体制の下でこれは強化された。しかし西洋では基礎研究を重ね試行錯誤をつづけながら成果を蓄積してきたのに対し、日本ではその研究の過程を抜き、一足とびに成果のみを導入することが多かった。しかも大多数の国民から知的探求の自由を奪ったうえで、それが進められていった。

しかし政治権力が探求の自由を奪おうとするとき、これを奪回しようとする動きが出てくる。教育勅語体制の破綻は、勅語がとくに義務教育を拘束しようとしたところから必然的に生じてきた。就学義務は、教育を受ける権利の思想が国民に拡がるより先に強制されたが、いったん子どもたちは学校へ通い始めるや、どれほど巧妙に制限しようとも、身につけた読み書き算の学力を武器として自然と社会についての学習を進める。そして科学的思考力を育てた者の数は次第に増加する。これは、国民的規模で勅語への批判力が高まることにほかならなかった。

一方、勅語の信奉を強いる政治権力が道徳的退廃を国民の前にさらけ出したとき、また勅語の精神が必ずしも古今中外に通じないものであることを知ったとき、国全体の道徳的水準が低下するのを防ぐことは誰の力によってもできなかった。このように、教育勅語体制は一九四五年八月十五日に突然崩壊したのではなく、学校教育の普及とともに徐々に、ときには急速に崩壊に向かっていたのである。

しかし教育勅語は、国民自身に、この勅語に代わるものをみずからの力でつくりあげる力を簡単には獲得できないようにしていた。国民を去勢していたのである。大多数の国民は、勅語に疑問をもちながら真理探究の道はふさがれており、勅語に示されていた人間像に代わるものを積極的にかかげ、みずからの生き方をただすことは難しかった。これは勅語を信奉しつづけようとする者にとっては有利な条件であった。

第二次大戦後に公布された教育基本法には、教育の目的として「人格の完成」がかかげられている。一人一人の国民がどういう人格を完成させていくか、それは、もともと法律の決めるところではない。第二次大戦前、教育に関する事項は、勅語や勅令によって決定されていたのに対し、戦後は法律によって定められることになった。法律は、国民の代表による国会での議論によって作られるものであるから、勅語・勅令による指示に比べて、国民に近づいたことになり、その意味で前進である。しかし人間の内面の自由に関することは法律によって制約されるべきではない。教育基本法が法という形式をとりながらも目ざしたところは、正義を愛し真理と平和を希求する人間、どのような権威によっても束縛されず、自由に自主的に責任ある行動のできる人間の形成であった。「人格の完成」には、そのような意味がこめられていたということができる。

こういう目的をかかげて三十余年たったとき、国民の心情・思考は、教育勅語を克服することができたであろうか。

君が代を否定しおれど君が代になみだ流しおり七十のわれは　（福岡）荒牧正幸

これは、ある日の「朝日歌壇」（『朝日新聞』一九七九年十二月十日）にのった歌である。この日、四人の選者が選んだ合計四〇首の歌のうち、二人が選んだのはこの歌だけであった。ここには、現代の日本人の気持のある部分が的確に表現されているからであろう。

理論的に拒否しているものでありながら、それにふれて涙を流すというのは、この人だけではない。また涙を流すのは君が代に対してだけではなく、日の丸や教育勅語についても類似の反応がある。ただし図形や音の方が言葉をともなうものよりも時代や社会の違いを越えて心に訴えるものがあり、涙を流すのは、外国で開かれた国際スポーツ大会で日の丸が揚るのを見るときの方が、教育勅語の奉読を聞くときよりもはるかに多い。

その違いは措くとして、なぜ涙を流すのかと問われても、たいていの人は明確な答を出すのが難しい。早く大人になろうと夢中になっていた少年期から青年期にかけての頃、これを身につけなければ日本人ではないといわれながら吸収したものは、そう簡単には忘れられないし、若い頃の思い出として身体に残っている。こういう思いを抱く人は、今後、確実に減少していくとしても、新しい世代のなかに、日の丸、君が代、さらには教育勅語にひかれ、それに固執する者が出てこないという保証はない。しかしとくに教育勅語が通用する基盤は、日本社会ではきわめて弱くなっているといえよう。

戦後一九四〇年代末には、平和と民主主義と基本的人権を中心とした憲法の精神については、学校教育と社会教育のさまざまな場で啓蒙が行なわれてきた。労働運動や文化運動もこれを強める役割を果たしていた。しかしこれらの新しい価値の歴史的意義がひろく国民に十分把握されないまま、一九五〇年代に入ると国政情勢の変化にともなう政策の変更から、憲法・教育基本法の空洞化が問題とされるようになった。このとき、教育勅語復活を要望する声も高くなったのだが、それにつづく経済の高度成長が、別の方向から、教育勅語的な思考や精神を温存しようとねらう力を大きく揺り動かした。それは、経済的価値を何よりも優位におくと同時に、「私」を「公」より優位におくという価値の転換をもたらした。集団の連帯よりも、そこを離れた個人の幸せの実現を望む者を増大させたことは、マイホーム主義という言葉の流行にもあらわれている。

かつては忠という徳目、あるいは忠孝一本とする徳目があり、これらを最優先させることを学校が教えていた。忠の対象である天皇をいただく国家が危急を迎えたとき、これに殉ずるようにと教えられたのである。それは一口に「滅私奉公」といわれた。日本人の精励恪勤が忠のためではなく、自分の属する企業に向けられたことが経済の高度成長をもたらしたと見られる。そのとき企業は「公」であり、やはり「滅私奉公」がくり返されたと見られることもある。しかし、ここでは「滅私」を避け、「私」の幸福の拡大が優先していたことは明らかであった。

農村では一九五〇年代中葉までは「もの言わぬ農民」（岩手の大牟羅良の著作〔岩波新書〕の標題）の精神的・文化的おくれが、社会進歩の障害になるとされてきたが、六〇年代を経て変化した。いたるところで「私」の利益に反するものに対しては抵抗し、権利を守り拡大する運動が進められるようになった。それは特定少数の人の先進的な運動に限られない。追いつめられて起こったかつての一揆とは違い、現状の後退を許さぬばかりか、一歩でも二歩でも権利の拡充を求める運動であった。その根底には、これも五〇年代の課題であった「貧しさからの解放」（農学者・近藤康男の論文の標題）は、かなり進み、貧富の格差が縮小し、中流意識がひろがるという変化があった。

個人の存在の優先、私の幸福の拡大が進むことは、教育勅語の入る余地を失わせる動きである。若い世代のなかから、教育勅語に熱狂する者が出てこないとは断言できない。しかし圧倒的多数は、あらゆる徳目が「義勇奉公」に収斂する勅語を、いまや感覚的に拒否する。

これは、教育勅語復活の動きに対する歯どめの一つである。しかし、こんどは、これほどまでに各人が多様に分散してしまってよいのか、価値の基準がなく、統合の軸もなくなってしまってよいのかという不安が頭をもたげてくる。何か固定した基準があり、確固とした軸があって、国民が結びつく必要があるのではないかという焦りの気持が起こってくる。そのとき軸として多くの人が思い浮かべるのは、国家である。不幸にして、近代日本では、国家以外にこの基軸があることを経験してこなかった。学校教育の現場を見ると、小中高校の多くの教室では、文部省の学習指導要領にのっとった教育が行なわれており、こういう国家の設定した基準がないと不安に陥り、あるいは自信を喪失する父母や教師が多く、ここに日本の弱点が集中的にあらわれている。

日本人の間に、このような弱さが現にあるとき、教育勅語的な道徳に対して感覚的に反撥するだけでは、国家による思想・文化の統制を許す危険がないとはいえない。国家の決める基準を求めるという姿勢を改めていくには、それこそ教育勅語体制に封殺されていた探求の自由を一人一人が主体的に獲得し、自主的に真理を求めていくことであり、それは感覚的反撥からの大きな前進となる。

そのとき、目を国の政治動向に向けるだけではなく、それよりもむしろ、人々が創りだし継承してきた文化をとらえ直すことが重要である。教育基本法には、「普遍的にしてしかも個性ゆたかな文化の創造をめざす教育」の普及徹底がうたわれている。普遍的文化とは、文字通り古今中外の人間にとって価値ある文化である。それは、偏狭な国家主義が肩ひじ張って、独断的に古今中外に通ずるとして諸国・諸民族に押しつける文化ではない。

この普遍人類的価値を志向する個性的な文化は、実際には、それぞれの地域に根を下した個人によって創造されるものである。江戸時代に各地域にあった独特の学問・文化は、明治政府の中央集権体制の下、中央に集中されることにより、中央と地方との文化面における格差は大きくなった。この中央集権は同時に、普遍人類的な文化に対し謙虚な態度でのぞむことを忘れさせてしまったのである。それが教育勅語体制であった。

もっとも普遍的で、しかも個性的なものは何だろうか。音楽・美術などの芸術もあろうが、人間と人間がつくり出した文化を見直すとき、少なくともその一つとして、人間の発達とそれに働きかける教育活動があることに気づくのではないか。人間の子どもの発達の筋道は、民族や地域にかかわりなく、また障害をもっていたとしても、速度に違いはあるものの、共通であるとされる。これこそ人類に普遍的に見られる現象であろう。そして、これに働きかける子育てと教育の活動になると、自立のための基本的しつけの面で共通の方式はあっても、諸民族によって、また同一の民族でも地域によって、それぞれ個性的なとりくみを行なってきたし、いまでもそれを受けついでいる人は多い。

このように何よりも一人一人の人間自身が、普遍的で個性的な存在となる可能性を秘めているのである。ここから、今日の課題は、思想・文化の統制によって人々を萎縮させる政策をしりぞけ、発達する可能性をもった子どもの能力や精神を、各地域、各学校・教室など、子ども・青年たちが生活し育っていく場で、多種多様な文化を開花させようとの寛容であると同時に積極性をふくんだ方針を貫いていくことである。そして、こういう文化の交流によって普遍的で個性豊かな文化を一人一人が享受しながら、しかもそれをいっそう発展させていく可能性を育てることである。

これが、ごく平凡、当り前のことと思われるだろうが、教育勅語を遺物として冷静に見つめることのできる見識と能力を、日本国民に確実に獲得させることになるのだと思う（『教育勅語』「おわりに」、小見出しは引用者）。

## 教育勅語の全文

教育ニ關スル勅語注

朕惟《オモ》フニ我カ皇祖皇宗國ヲ肇《ハジ》ムルコト宏遠ニ徳ヲ樹ツルコト深厚ナリ我カ臣民克《ヨ》ク忠ニ克ク孝ニ億兆心ヲ一ニシテ世世厥《ソ》ノ美ヲ濟《ナ》セルハ此レ我カ國體ノ精華ニシテ教育ノ淵源亦實ニ此《ココ》ニ存ス爾《ナンヂ》臣民父母ニ孝ニ兄弟ニ友ニ夫婦相和シ朋友相信シ恭儉己《オノ》レヲ持シ博愛衆ニ及ホシ學ヲ修メ業ヲ習ヒ以テ智能ヲ啓發シ徳器ヲ成就シ進テ公益ヲ廣メ世務ヲ開キ常ニ國憲ヲ重シ國法ニ遵《シタガ》ヒ一旦緩急アレハ義勇公ニ奉シ以テ天壤無窮ノ皇運ヲ扶翼スヘシ是《カク》ノ如キハ獨リ朕カ忠良ノ臣民タルノミナラス又以テ爾祖先ノ遺風ヲ顯彰スルニ足ラン

斯《コ》ノ道ハ實ニ我カ皇祖皇宗ノ遺訓ニシテ子孫臣民ノ倶《トモ》ニ遵守スヘキ所之ヲ古今ニ通シテ謬《アヤマ》ラス之ヲ中外ニ施シテ悖《モト》ラス朕爾臣民ト倶ニ拳々服膺シテ咸《ミナ》其徳ヲ一ニセンコトヲ庶幾《コヒネガ》フ

明治二十三年十月三十日

御名御璽《ギヨメイギヨジ》

注

本書の編者が所持する「教育に關する勅語」は、旧字が使われ、ルビが例外を除いてふられていない。そこで、「朕」などの文字は、山住正己『教育勅語』収録の全文を参考に「朕」→「朕」のようにしている。またルビも、『教育勅語』収録の勅語全文にふられているものによっている。

## ■資料2　国民学校と教科・教科書

**国民学校の小史**（以下、Wikipediaによる）

国民学校とは、日中戦争後の社会情勢によって日本に設けられ、初等教育と前期中等教育を行っていた学校。

制度上の改革

・尋常小学校を国民学校初等科（修業年限6年）、高等小学校を国民学校高等科（修業年限2年）に改組。

・国民学校の高等科2年の修了者を対象に修業年限1年の特修科を設置することができる。

・1944年（昭和19年）から義務教育年限を6年から8年（国民学校初等科6年＋国民学校高等科2年／国民学校初等科6年＋旧制中等学校2年）に延長することを規定。ただし、教育ニ関スル戦時非常措置方策により延期され、国民学校が廃止されるまで義務教育の延長は結局行われなかった。

・学区制を導入し、入学者を学区内に住所のある児童のみに制限する。

・以下のような対策を講じて就学義務の徹底を図る。

・貧困等による児童就学義務免除・猶予制度を廃止。
・心身異常児童のために、これまで家庭で義務教育を行うことができる制度を廃止し、特別な養護施設を設置。
・教頭と養護訓導を設置したり、校長と教頭を奏任待遇にしたりすることにより職員の組織・待遇を改善した。

歴　史

（１９３７年７月７日、盧溝橋事件を発端として日中戦争が始まる）
・１９４１年（昭和16年）
・３月１日―国民学校令（昭和16年勅令第１４８号）が公布される。
・４月１日―国民学校令の施行により、従来の小学校が改組され国民学校が発足。
・尋常小学校を国民学校初等科（修業年限６年）、高等小学校を国民学校高等科（修業年限２年間）とする。
・尋常高等小学校を国民学校初等科・高等科とする。
・公立師範学校等の附属小学校を附属国民学校とする。
・私立の小学校は私立学校令によって設立されたものと見なされ、国民学校への改称は認められていなかった（私立の国民学校はなかった）。

・12月8日―対英米開戦（太平洋戦争勃発）。

・1944年（昭和19年）

・2月16日―戦時非常措置により、同年4月に予定していた6年から8年への義務教育年限延長が延期されることになる。

・6月30日―戦況悪化により、学童疎開促進要綱が閣議決定され、都市部の国民学校初等科児童の地方への疎開が推奨される。

・1945年（昭和20年）

・3月18日―決戦教育措置要綱が閣議決定され、昭和20年度（同年4月から翌3月末まで）高等科の授業が停止されることとなる。

・5月22日―戦時教育令が公布され、高等科の授業を無期限で停止することが法制化される。

・8月15日―終戦。

・8月21日―文部省により戦時教育令の廃止が決定され、同年9月から高等科の授業が再開されることとなる。

・9月12日―文部省により戦時教育を平時教育へ転換させることについての緊急事項が指示される。
・9月26日―文部省により疎開児童の復帰が指示される。
・10月　―日本教育制度に対する管理政策により、軍国主義および極端な国家主義思想の普及が禁じられる。
・12月　―国家神道・神社神道に関する指令ならびに修身・日本歴史および地理停止に関する指令が出される。
・当時使用されていた教科書・教師用参考書から、神道教義に関する事項が全て削除され、すべての学校で修身・日本歴史・地理の授業が停止された。

・1946年（昭和21年）
・7月　―文部省で新たに編集した暫定教科書を使って地理の授業を再開。
・9月　―修身教育に代わる科目として公民科を課されることとなる。
・10月　―文部省で新たに編集した暫定教科書「くにのあゆみ」を使って日本歴史の授業を再開。

・1947年（昭和22年）
・3月　―教育基本法と学校教育法が制定・公布される。
・4月1日―学制改革（六・三制の実施）により、国民学校が廃止される。
・国民学校初等科は新制小学校に改組され、国民学校高等科は新制中学校に改組される。

**国民学校の教育内容**（以下、Wikipediaによる）

●**教育内容**

皇国民としての基礎的錬成の資質内容

1、国民精神を体認し、国体に対する確固たる信念を有し、皇国の使命に対する自覚を有していること。

2、透徹せる理知的能力を有し、合理創造の精神を体得し、もって国運の進展に貢献しうること。

3、かつ達剛健な心身と献身奉公の実践力とを有していること。

4、高雅な情操と芸術的、技能的な表現力を有し、国民生活を充実する力を有すること。

5、産業の国家的意義を明らかにし、勤労を愛好し、職業報国の実践力を有していること。

●教　科

上記の資質内容に基づいて、国民科・理数科・体錬科・芸能科（以上4教科は初等科・高等科共通）・実業科（高等科のみ）の5教科に分類された。

教育方法

・主知的教授を排し、心身一体として教育し、教授・訓練・養護の分離を避け、国民としての統一的人格の育成を期すること。

・儀式・学校行事の教育的意義を重んじ、これを教科とあわせて一体とし、全校をあげて「国民錬成の道場」たらしめようとしたこと。

・学校と家庭および社会との連絡を緊密にし、児童の教育を全うしようとしたこと。

| 課程 | 教科 | 科目 |
|---|---|---|
| 初等科・高等科共通 | 国民科 | 修身・国語・国史・地理 |
| | 理数科 | 算数・理科 |
| | 体錬科 | 体操・武道（※女児は武道を欠くことができた。） |
| | 芸能科 | 音楽・習字・図画・工作 |
| | | 裁縫（初等科女児） |
| | | 家事・裁縫（高等科女児） |
| 高等科のみ | 実業科 | 農業・工業・商業・水産の中から1科目選択 |

## 国民学校の教科書（『日本が「神の国」だった時代』「はじめに」より）

戦後独立して半世紀、まがりなりにも平和憲法をかかげつづけた日本は、いま何度目かの転機のなかにある。これまでの転機と同じ国防と軍事力、海外派遣をめぐる問題である。

しかし今回の特徴は「日本人にとって、あの戦争は何だったのか」「日本人にとって独立後の五十年は何だったのか」という個人の内面にかかわる問いかけを、さらには「日本とは、日本人とは、過去において何であったのか」という歴史を遡る根源的な問いを含んでいる点にある。

その発端は一九九九年、多数決という形骸化した民主主義を楯に国民的議論をつくさないまま、小渕首相の主導のもとに強行採決により制定された「国旗国歌法」にあった。とくに主権在民の国家と「君が代」の「君」の関係を曖昧にしたまま国歌と定めた時勢に乗じて、二〇〇〇年には、森首相の「日本は天皇を中心にした神の国」の発言が報道され、二〇〇一年には「新しい歴史教科書をつくる会」による高校の歴史教科書が文部科学省の検定に合格した。このような一連の国粋主義的、時代錯誤的な状況がつくりだされて、日本国内はもとよりアジアの人々に衝撃をあたえている。日本の保守層が悲願としながら半世紀にわたって躊躇していたこれらの情念が、今、つぎつぎと表出する背景には、ひとつの際立った共通点がみられる。

それは人生の最初の学校教育を「皇民教育」という超国家主義イデオロギーにより、白紙の魂に「刷り込まれた」世代、特に太平洋戦争がはじまる一九四一（昭和一六）年の四月から一九四五（昭和二〇）年までに国民学校で学んだ世代が、社会の中枢を占めはじめたことであろう。ちなみに小渕恵三元首相と森喜朗前首相が一九三七（昭和一二）年生まれ、「新しい歴史教科書をつくる会」の代表であり執筆者である西尾幹二氏が一九三五（昭和一〇）年生まれである。

勿論これらの「現象」は、これまで保守系の政治家によって繰り返されてきた「侵略戦争を肯定する発言」あるいは靖国公式参拝などに通じる氷山の一角にすぎない。その水面下には、現在の日本社会のかかえるひずみ——特に青少年にかんする問題を戦後教育の破綻に転嫁し、教育勅語の復活をのぞみ、青少年の軍隊教育の必要を説く人々が少なからず存在する。また批判的立場をとるが、しかしこれらの人々のそういう気分はわからないでもない、という世代も存在する。

現在、政治改革とならんで文部科学省を中心とする教育改革構想が政治問題化しているが、「戦後教育」の破綻と対比して「戦前教育」をなんの検証もないまま、あたかも「郷愁」に似たプラスイメージとしてとらえている人の多くみられるのもこの世代である。この世代が義務教育としてうけたのが国民学校教育であり、そのために編纂されたのが「第五期国定教科書」（いわゆる墨塗り教科書）である。

明治一九（一八八六）年に教科書検定制がしかれて以来、国定教科書はこのときまでに四回、改定・発行されているが、その改定の契機はいずれも対外戦争における勝利であった。

第一期は一九〇四（明治三七）年発行で、西欧型の公民教育をめざし、それまでの歴史仮名遣いの一部にテンノー、ショージキ、ベントーバコ等と表記する表音主義の導入を試みたものである。第二期は、日露戦争の勝利がもたらした国威発揚と富国強兵の観点から、第一期教科書を否定する目的のもとに一九一〇（明治四三）年に改変された「国民思想読本」とでもいうべきもの。第三期は一九一八（大正七）年、第一次世界大戦後の世界的な自由主義思想の影響をうけ、帝国憲法下という枠のなかでの自由主義をめざした、いわゆる大正デモクラシー期のもの。第四期は一九三三（昭和八）年、満州事変とその結果としての「満州国建国」の直後に日本の大陸「進出」を視野に入れて、国家主義的、軍国主義的傾向をつよめたものであった。

しかし国民学校の目標がこれまでと異なるのは、少なくとも小学校での教育が「個人の自立のための心身の養成」にあったのにたいして、大東亜共栄圏構想のもとに来るべき世界戦争にむかって、その人的資源である国民をつくりだすためだけに目的をしぼった教育、一言でいえば教育勅語の一節「天壌無窮ノ皇運ヲ扶翼スベシ」に集約される天皇と国家の命令にだけ従う思考しない人間、判断しない人間、心身ともに「天皇に帰一」する人間をつくりだすための「鋳型にはめる」教育であったことである。

日中戦争が泥沼化し、第二次世界大戦を視野に入れてのこの時期の教育改革の目的は、当時の植民地の児童を「醇化《じゅんか》された皇民」として教育することと同時に、近い将来、大東亜共栄圏に組み入れていく予定の傀儡《かいらい》国家、植民地における同化教育のためのものでもあった。

しかしこのような目的のもとに改変された教科書の内容がどのようなものであったのか。私たちはそれを具体的に認識しているだろうか。この国民学校制度と第五期教科書の内包する理念が「文化的侵略」という海外からの非難に相当するかどうか、私たちは具体的に検証したことがあっただろうか。

以上の特徴をもつ国民学校の教科書は、戦後の民主主義教育への転換とともに、「醜悪な教科書」「軍国主義の生んだ鬼子」として、無視されてきた。扱われる場合にも、軍国主義時代の例証として部分的に、あるいは人間形成上の加害者として情緒的に引用されることはあっても、教科書そのものを正面からとりあげての分析は、ほとんど行なわれていないといっていい。

期間的に一九四一（昭和一六）年四月から一九四六（昭和二〇）年三月までのごく短期間しか使用されなかったこと、その問題部分はいわゆる「墨塗り」の対象となって抹消されていることを挙げ、したがってそれほどの影響があったとは考えられないとする人もいる。

しかしそのような理由で、問題を積み残してきたことによる禍根は、私たちの社会に多く残されている。戦後第六期の教科書に、この戦中の教科書と同じスタッフがかかわっていることも含めて、この皇民教育のイデオロギーは地下水脈となって、文部科学省の官僚のなかに受け継がれているようだ。近年、教科書検定の度に問題となる付箋の文言もまた、この戦前の教科書のイデオロギーに限りなくちかいものがみられる。

現在、問題となっているのは「歴史」であるが、本書では意識して第五期の歴史の教科書についてはとりあげていない。歴史が学習の対象となる以前に、どのような教育がなされていたのか。この時代の「皇国史観」という特殊で偏頗《へんぱ》な歴史観を受容させるための、それ以前の基礎教育によるマインドコントロールの実情に焦点をしぼったためである。

現在の時点から「敗戦」という事実をふまえて太平洋戦争を意味づける試みは、すでに多くなされてきた。しかし日本が第二次世界大戦を構想し、踏み込んでいくその時点で、戦争をどのように意味づけたのか。その最も端的な表現として、その時代のために作られた教科書がいかなる内容であったかについて知ってほしいとねがっている。

現在アジアの国々が、日本の教科書について敏感にならざるをえない背景には、この教科書が果たした役割を体験として持ちつづける人々の声がある。その危惧を理解し、よりよい関係をつくりだしていくためにも、今この教科書に、冷静に光をあてる必要があるのではないだろうか。

## ■資料3　歴代の天皇名

本書の引用・参考文献である『角川日本史辞典　第二版』「付録」には、第1代の神武天皇から第124代の今上天皇（裕仁）まで、「代数」「天皇名」「本名」「母」「即位」「退位」

にわたって、詳細な表として掲載されている。しかし、このすべてを収録するのは本書出版の主旨に沿わない。

そこで、同書（『角川日本史辞典』）の本文部分から、初代天皇とされる神武《じんむ》天皇の項を引用する。

「記紀の伝説上の初代天皇。和風諡号は神日本磐余彦尊（かむやまといわれひこのみこと）。父はウガヤフキアエズノミコト。日向地方から軍兵を率いて海路を東征し、大和地方を征服。B.C.660元旦、橿原宮で即位した。神代と人代を結ぶ位置にあり、後の天皇たちの人物像がいく重にも反映して作り上げられたもので、崇神天皇と神武天皇が同じハックニシラス天皇と呼ばれるのは、同一伝承の分化を示すものである。最近では、応神天皇の出自や継体天皇の大和入りの史実が濃厚に投影されていることが指摘されている」。

また『コンサイス日本人名事典〈第5版〉』には、神武天皇についてもっと直截に記されている。

「記紀系譜上の天皇」。「辛酉の年に畝傍山《うねびやま》の東の橿原宮《かしはらのみや》で即位したと伝える。この年を『日本書紀』は紀元前660とする。伝説的色彩の強い人物で実在性は疑わしい」。

## 執筆者の紹介（執筆順）


**山岡　冨美**　昭和6（1932）年、岩手県盛岡市に生まれる。

**田野中明夫**　昭和9（1934）年、石川県加賀市大徳寺に生まれる。

**橋本　富子**　昭和2（1927）年、埼玉県大宮市見沼区に生まれる。

**前田　君子**　昭和6（1931）年、東京都文京区向ヶ丘に生まれる。

**佐藤　功**　昭和6（1932）年、宮城県気仙沼市に生まれる。

**山田　勉**　昭和7（1933）年、埼玉県本荘市に生まれる。

**佐藤　静子**　昭和11（1936）年、東京都新宿区四谷に生まれる。学童疎開で山梨県鰍沢村へ。



**平和へのバトン**―私たちの戦争体験―

2017年4月10日　第1刷発行

編　者　山岡　冨美
発行者　有馬　三郎
発行所　天地人企画
〒134－0081　東京都江戸川区北葛西4－4－1－202
電話／ファクス　03－3687－0443

編集補佐・DTP制作・装丁　ふきの編集事務所

印刷・製本　株式会社　栄光




ISBN978-4-908664-04-5 C0036